图书在版编目（CIP）数据

嘎嘎小姐 / (法) 迪格力著；洪昊玥译. -- 北京：中国旅游出版社, 2012.5
ISBN 978-7-5032-4386-8

Ⅰ. ①嘎… Ⅱ. ①迪… ②洪… Ⅲ. ①长篇小说 - 法国 - 现代 Ⅳ. ①I565.45

中国版本图书馆CIP数据核字(2012)第055615号
北京市版权局著作权合同登记号：01-2012-2505

书　　名：嘎嘎小姐
著　　者：迪格力（法）
译　　者：洪昊玥
总 策 划：刘伟鹏
责任编辑：张　锋
特约编辑：李　菲
美术顾问：观自在
封面设计：李梦遥
美编·策划：徐　颖　魏青青　马　昆　任仕冲
责任印刷：冯冬青
出版发行：中国旅游出版社
地　　址：北京市建国门内大街甲9号（100005）
团购电话：+86-10-51284280　87952148
开　　本：180mm × 242mm　1/16
印　　张：11
版　　次：2012年4月第1版
定　　价：98.00元

策划执行：Buclas·布克(北京)文化传播有限公司
团购电话：+86-10-51284280
个人订购：布克街（淘宝网）buclas.taobao.com（成为布克会员，享受更多订购优惠）
网　　址：www.Buclas.com
邮　　箱：marketing@buclas.com
如有质量问题，请直接与各经销商联系调换。

【法】迪格力（著） 洪昊玥（译）

Autobiographie d'une fille 嘎嘎GAGA小姐

Buclas·布克 中国旅游出版社

大家好！！
Bonjour tout le mooonde!!

嗯，
这个……
Bon, euh…
唔，
怎么说呢？
Hem.
引言从来都不是我的强项，咱们就长话短说吧。
Les intros, c'est pas mon fort, alors on va faire simple.

前情提要

Dans les épisodes précédents

2008年，我开了个博客。我亲爱的男友手把手教会我怎么搞定这玩意儿。

En 2008, j'ai ouvert un blog. C'est mon homme qui m'a tout appris.

后来，越来越多的人有了博客，他们说整个漫画博是件很时髦的事儿。有一天，对……就这么发生了……有一天，有人给我打了个电话，给我一个非常疯狂的提议：

Puis c'est devenu la mode d'avoir un blog bd. Alors, un jour, eh ben... on m'a proposé de faire un truc trop dingue :

没错，就是出书，一本真正的书，
一本满是我博客里
漫画的书……

Eh oui… un livre, un vrai,
avec mes dessins de blog.
Seulement…

2008年作品
dessins 2008

2010年作品
dessins 2010

我可不能就
这么出书
啊！！！

Je peux pas
faire un
liiiiivre!!!

我那博客上的画儿
太难看了，简直
太烂了，太丢
人了……

Mes dessins de
blog ils sont tout
moches et tout
pourris et vieux
et…

几个月后，我终于平静了下来，一边听着Lady Gaga，
一边深深深呼吸，书就这么成了：
176页，杠杠滴！

Bon, après quelques mois, je me suis
calmée, j'ai écouté Lady Gaga, respiré un
bon coup, et Ho! C'était parti pour 176 pages.

是啊，她重画了
博客里不少
图呢！

Ouais, elle
a redessiné
plein de posts!!

于是，我才有了这个机会，跟你们大家说东道西。
Et voilà comment je me suis retrouvée ici, à blablatter avec vous.
但是……
Mais...
需要介绍的可不止我一个人哦！
Il n'y a pas que moi qu'il faut présenter !

还有……

Il y a aussi...

妹妹

La petite sœur

谢阿娜（小名雀可），16岁，刘海长得快把眼睛遮住了，脚上必备的就是马丁靴。

Chéana (Chaco) 16 ans, la frange jusqu'aux yeux et les Doc marten's vissées aux pieds.

男友

L'Homme

洛伊，说到他的笔名Renart可能更著名。他也是个画漫画的，也戴着雷朋Wayfarer眼镜，不过他这绝对是抄袭我的风格。

Loïc, plus connu sous le pseudonyme de Renart. Il fait de la bd, et il a des Wayfarer aussi, mais c'est lui qui a copié.

死党

La B.F.F

（一辈子的铁哥们儿）

(Best friend forever)

克洛伊。我们小学五年级就认识了，光这一点就足以说明一切了吧。

Chloé. On se connaît depuis le CM2. Je crois que ça veut tout dire.

妈妈

La Maternelle

任时光流逝，我妈始终是个超级辣妈，头发一点没变白，体型也窈窕得不得了。身为女儿的我表示压力很大。

Ma maman donc, qui au lieu de grisonner et prendre du bide, continue à être supra-canon malgré le temps qui passe. Tout simplement énervant.

比比！！

et Bibi!!

（由于出生时的不幸遭遇，照片上的她是这个样子：）

(Qui, sur les photos, suite à une malédiction de naissance, ressemble à ça:)

介绍人：

Présentation:

迪格力

Diglee

（其实我真名叫茉林）

22岁，插画家，近视。

Lady Gaga的铁杆粉丝。香奈儿包包、胡萝卜蛋糕和各式美鞋的拥趸。为心爱之物，在所不惜，全然不顾荷包。

(de mon vrai prénom maureen...)

22 ans. Illustratrice. Myope.

Fan inconditionelle de Lady Gaga, du sac Chanel, de carrot cake et de chaussures à mes heures perdues. Victime financière de mes-dites passions.

那我们呢？嗯？

Ouais, et donc nous, en gros...

嫌我们臭吗？

On pue, quoi.

好啦好啦，我会把你们都放在这本书的结论里的。

Rhôôô ça va... je vous mettrai dans ma conclusion.

没有生活

No life

23:00
23h00
好犹豫啊，这件衣服真好看……
Bah écoute, j'hésite : elle est super belle, tu vois...
是啊，你已经说了不知道多少次那件衣服好看了！
Bah oui, tu m'en parlais tout le temps!
你看这件的剪裁多好啊，跟我那件黑色西服的板型是一样的……
Je sais qu'elle est bien coupée puisque c'est texto la même forme que ma noire...
是啊，板型最重要了！
Ah, c'est bien ça, c'est hyper important!
那么，你的纠结在哪里呢？
Bah alors, c'est quoi le souci?
咳，还是颜色呗：这件是暗粉色，颜色带点灰，或者说有点太灰了。
Ben c'est plus la couleur : elle est vieux rose, tu vois, mais avec beaucoup de gris dedans.
如果我里面穿件裸色的连衣裙的话，这件西服就会看上去脏脏的，你说呢……
Du coup avec mes petites robes écrues, elle paraît presque sale...
嗯，没错，你说得也对……
Ah ouaiiiiis, je vois.
唉，不过你说，我也没有别的浅色上衣。这件配另两身衣服穿就特别搭，就冲着这点，我是不是也得留着它呢？
Pff... mais j'ai pas de blazer clair, ça manque. Et puis, il va super bien avec 2 tenues déjà : ça mérite de le garder, non?
好吧。
Grave.

午夜
Minuit...
哎呀，你说我该拍个彩色的证件照还是黑白的呢？
Putain, je sais pas si ma photo de profil je la fous en couleurs ou en noir et blanc...
听说黑白照片上，我的大鼻子就没那么明显。
J'crois qu'en noir et blanc on voit moins mon pif...
不过我姐有个口红的颜色很棒，不上上照怪可惜的。
Mais ma sœur a un super beau rouge à lèvres, en couleurs ça pète bien...
是啊，怎么办呢……
Chaud...
我们不如让老天来决定吧！
Ben on n'a qu'à décider avec un truc de hasard!
你是说扔硬币吗？
Genre "une bague en or"?
对啊，对啊，不过咱们可以想个更有创意的办法！！
Ouais, mais mieux!!
嗯，我来说个数字……
Alooooors... heu... je vais dire un chiffre...
好耶！！！如果是偶数，就去拍彩色的，如果是奇数，就去拍黑白的！
Ah ouaiiiis!!! S'il est PAIR, c'est couleurs, sinon c'est noir et blanc!

什么？你这都说出来了，还有什么惊喜啊！
Ben?... Tu gâches tout là! On n'a aucune surprise!
呃，那么你就在心里默默地数数，我说停就停！
Nan mais tu comptes dans ta tête, et je te dis STOP!
好！太棒了！！准备好了吗？？？
Ah ouaiiiis, trop bien!! Alors... prêêêête??
时刻准备着！！！
OUAiiiis!!!
1，2...3！开始！！
1,2...3! TOP!!
停！！！
STOP!!!
6!!!
......
......
那个，刚才说偶数就怎么来着？
Attends, pair, c'était quoi déjà?...
我不记得了。
Je sais plus.
好吧，重来。
Ben attends, on recommence.
我常常想：
1）我的生活充满激情。
2）至少我还有“无限畅打”套。
Souvent, je me dis que:
1) J'ai une vie passionnante.
2) Heureusement que le forfait illimité existe.

永别了，特权
Adieu privilèges

您好！
一张学生票，
谢谢。
Bonjour! Une place étudiant, s'il vous plaît.
请出示一下
学生证，
可以吗？
Je peux voir votre carte?
这个，这个……
咱先聊聊呗，您看我不像
学生吗？
Holà, holà... Du calme, on ne fait que discuter un peu...

自由插画家，自有我风格！

Freelance style !

星期一

Lundi...

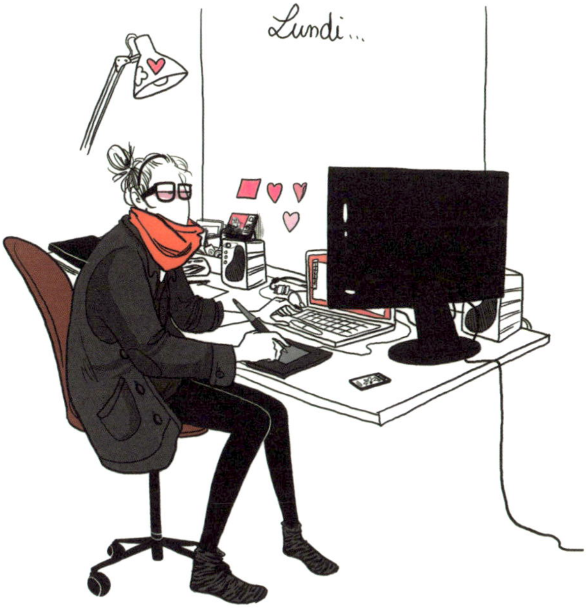

星期二

Mardi

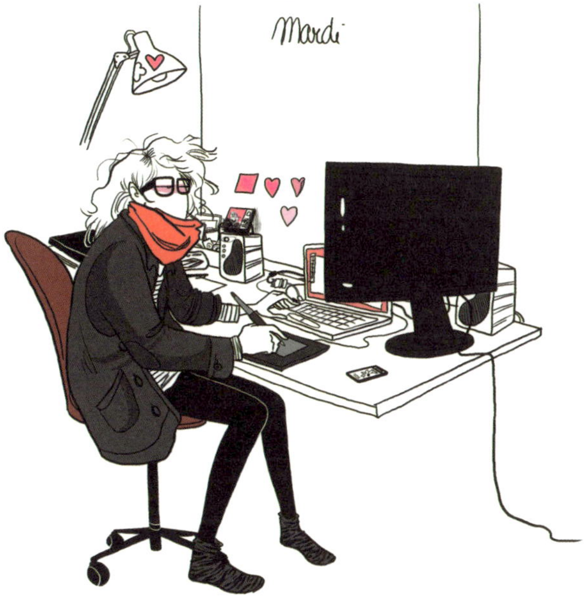

星期四
Jeudi...
早上好，妈！
Ah, coucou maman!
好，好，乖女儿！
Coucou, ma fille!

你穿成这样是打算去哪儿嗨皮呢？
Où est-ce que tu vas comme ça?

呃，您凭什么说我这是要出门？
Beûh, qu'est-ce qui te fait dire que je sors?

目中无人，这纯粹是种遗传……

Le cul à l'air, c'est une question de génétique...

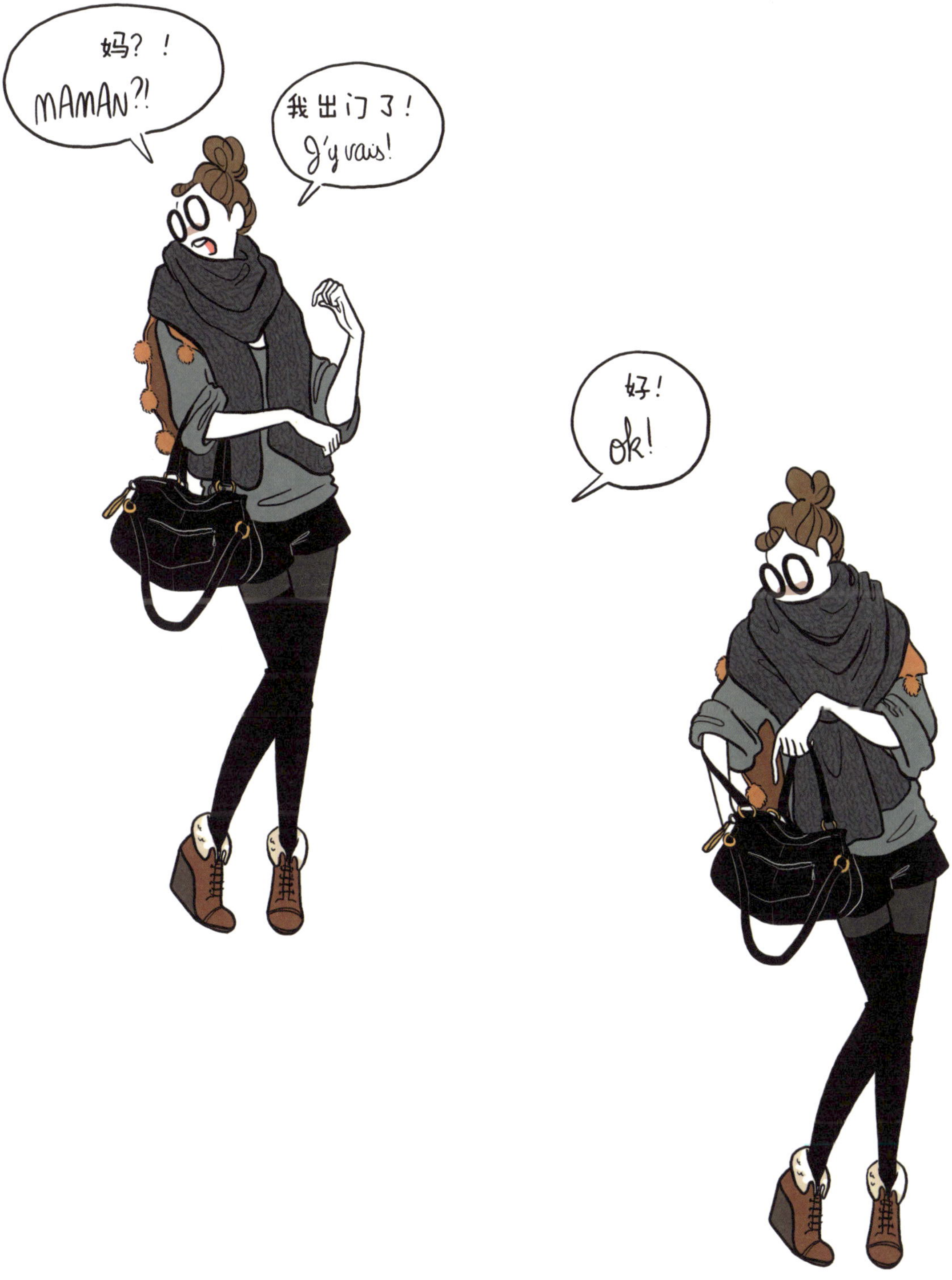

妈？！

MAMAN?!

我出门了！

J'y vais!

哎哟，瞧瞧……
Houlà...

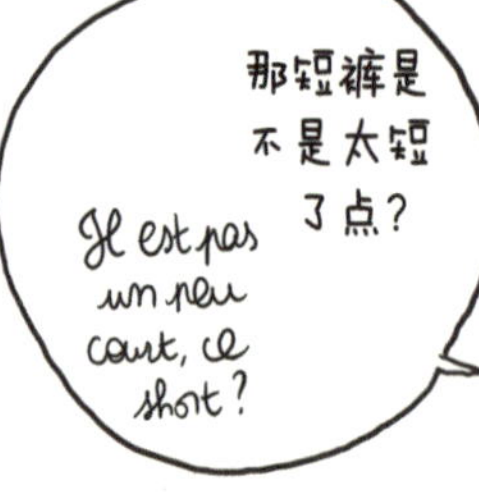
那短裤是不是太短了点？
Il est pas un peu court, ce short ?

唔，也是哦……
Quand même...

不过……
Ben...

Il était à toi en fait…

这短裤以前您也穿过啊……

关于我的须知：我爱圣诞，胜过一切

Ce qu'il faut savoir sur moi : j'aime Noël plus que tout

下雪啦 下雪啦!!!!
Y NEIIIIGE!!!!
哇哈哈! Hiiiiiiiiii!
圣诞就要到了!!!!!
C'EST BIENTÔÔÔT NOËL!!!!
叮咚, 叮咚!
DING DONG DING DONG
CHRISTMAS BELLS ARE RINGING!!!
CAROLING CAROLING
NOW WE GO
CHRISTMAS BELLS ARE RINGING!

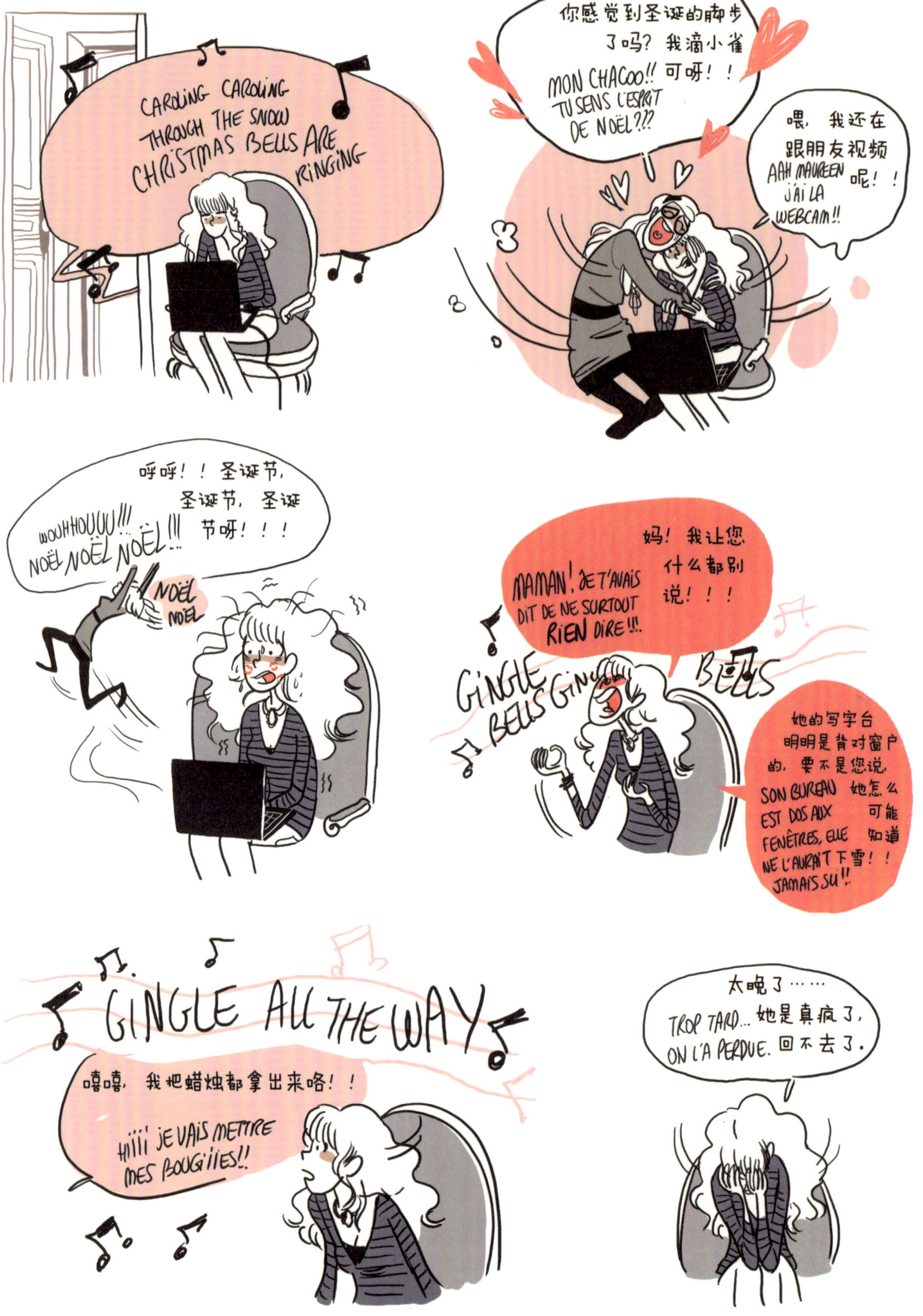

CAROLING CAROLING
THROUGH THE SNOW
CHRISTMAS BELLS ARE
RINGING

你感觉到圣诞的脚步了吗？我滴小雀可呀！！
MON CHACOO!! TU SENS L'ESPRIT DE NOËL???
喂，我还在跟朋友视频呢！！
AAH MAUREEN J'AI LA WEBCAM!!

呼呼！！圣诞节，圣诞节，圣诞节呀！！！
WOUHHOUUU!!! NOËL NOËL NOËL!!...
NOËL NOËL

妈！我让您什么都别说！！！
MAMAN! JE T'AVAIS DIT DE NE SURTOUT RIEN DIRE!!!
GINGLE BELLS GINGLE BELLS
她的写字台明明是背对窗户的，要不是您说她怎么可能知道下雪！！
SON BUREAU EST DOS AUX FENÊTRES, ELLE NE L'AURAIT JAMAIS SU!!

第一场雪

Première vraie neige

呵呵！！
hé hé !!

哇！！！
wwWOUUUUH!!!

啊哈哈哈！！！
HHHHAAA

好吧……
Bon...

其实……很快也就腻味了。
On s'emmerde vite en fait.

关于我妹妹的一切
Ce qu'il faut savoir sur ma frangine

我妹妹有一些非常隐秘的恐惧症。
Ma sœur a 4 phobies distinctes :

比如，白雪公主故事里的巫婆。
La sorcière de Blanche Neige

比如，很小很小的斜坡。
Les pentes

再比如，鲜血。
Le sang

这……这……这我该怎么办……
Je… je… je vais… pas bien…

又比如，蟑螂。
Les araignées

然而……
Et pourtant…

她却有曼森的全套专辑和DVD。
Elle possède la collection complète des albums / DVD de Marilyn Manson.

Marilyn Manson，美国极具魔鬼魅力的摇滚歌手。——译者注

我的妹妹是美洲印第安文化的超级粉丝，她还喜欢海豹，喜欢蒂姆•波顿和他老婆。

Ma sœur est simultanément fan des Indiens d'Amérique, des phoques, et de Tim Burton et sa femme.

我妹妹总能切中要害，提出最关键的问题。

Ma sœur sait poser les questions essentielles.

那么我们能在地球上行走吗？

Non mais est-ce qu'on peut marcher sur la Terre ?

我妹妹小时候，常常成为我无辜的替罪羊，每次她为我受了委屈，我都会想办法让她以为我刚从坏蛋刀疤手里把她给救了。（对，耶！）

Quand ma sœur était petite et qu'elle allait rapporter une de mes bêtises, je lui faisais croire que Scar (du roi Lion) nous attaquait, et que je la sauvais. (Oui, eh!)

Après elle m'adorait.

我妹妹的名字有着希腊渊源，不知道是我妈从哪儿找来的：谢阿娜

Ma sœur porte un prénom grec trouvé par ma maman : Chéana♡

不过，我就管她叫雀可，格鲁多夫，格兰伯格，杰克琳，老家伙，甚至咖喱布日。

Mais moi je l'appelle Chaco, Groudoff, Grenbürg, Jacolin, Vieux cul ou encore Galibruge.

然后，她就会特别崇拜我。

别过来，刀疤！我不准你碰我妹妹！！

Non Scar ! Je t'interdis de toucher ma sœur !!

哼哼，我要的就是你妹妹！！

GRRRR JE LA VEUUUX !!

没门儿！我一定会保护她的！！！

Non, je la protégerai !!!

刀疤是《狮子王》中的反面角色。——译者注

我和妹妹是心有灵犀的典范，
我们常常不约而同
地想到同一
样东西。

Ma sœur et moi, on
est tellement connectées
qu'on pense souvent
la même chose au
même moment.

妹妹小时候有一只最喜欢的
娃娃，名叫"查楚"。
查楚本是一只毛绒猫咪，一次
外出旅行时，
查楚丢了。
后来，妹妹发
现她的查楚
忽然间长得越
来越像老鼠了。

Ma sœur a eu pour doudou
fétiche "Chachou", une peluche
de chat qui s'est subitement
transformée en souris, après
que l'originale a été oubliée
en voyage...

我这个迷恋曼森的妹妹
眼看着就要16岁了。
长得可真快呀，
这些小妖精。

Cette ado frangée
fan de Marilyn Manson
a déjà 16 printemps.
Ça pousse vite ces petites
bêtes...

你真的只有16岁
吗，嗯？！恨死
你了！！
Putain mais
t'as que 16 ANS!!!
MERDE,
HEIN!!!

其实，我心里还是很把自己
当大姐姐看的（有时也难免
失落一下下）……

Et je prends mon rôle de
grande sœur très à cœur
(malgré certaines déceptions)...

妹妹的怪癖

Ma frangine et ses lubies

也许你觉得我幼稚可笑，不过我还是有个问题得跟你问问清楚……
J'ai une question peut-être naïve mais néanmoins oppressante qui me taraude...

你看，这玩意儿是什么？！
Qu'est-ce que c'est que cette chose ?!
啊，你说这个……
Aaah ça...

这是我每次洗澡后收集起来的头发团啊……
C'est des boulettes de cheveux morts que je récupère après la douche...

我还用这些小发团攒了一条手链呢！
J'en fais des perles que je garde...

你看，就是这个，有意思吧？
Et je fais des bracelets avec !

里面还借用了一些你的头发呢。看到了吗？你的头发比我的颜色浅一点。
Tiens, cette boulette a été faite avec un peu de tes cheveux ça se voit, elle est plus claire !
……

我多么希望能做个称职的大姐姐啊

J'aurais tellement aimé être une grande sœur admirable en tout point

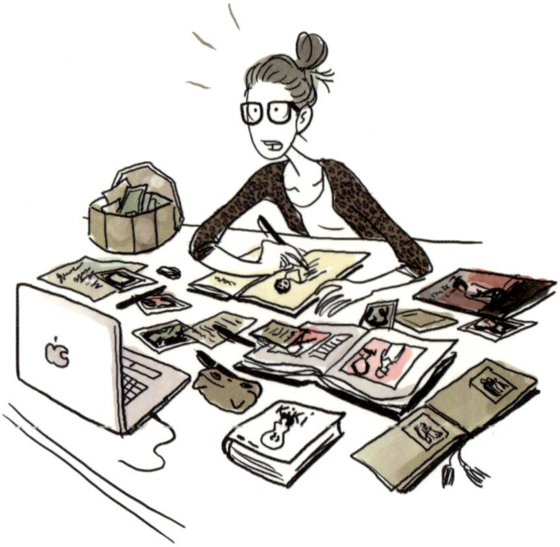

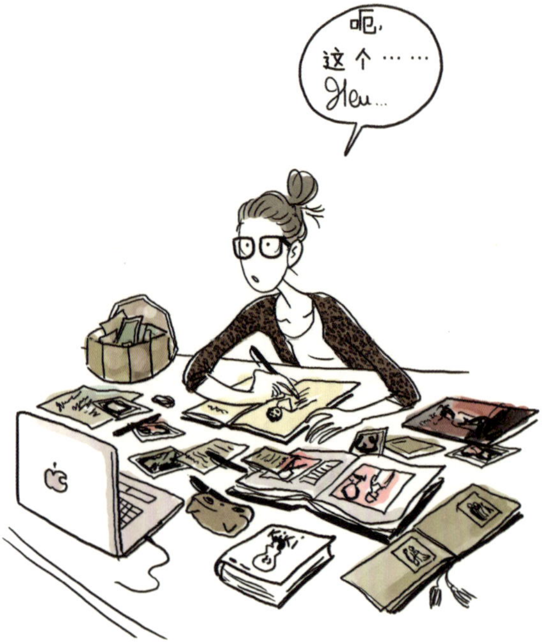

呃，
这个……
Heu...

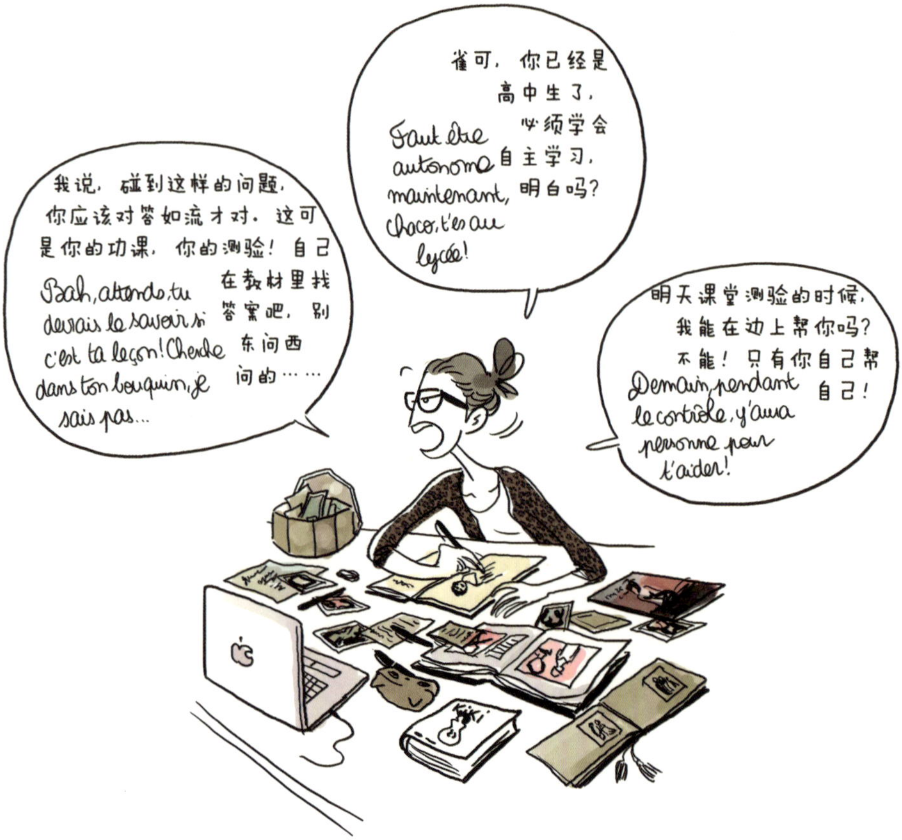

我说，碰到这样的问题，你应该对答如流才对。这可是你的功课，你的测验！自己在教材里找答案吧，别东问西问的……
Bah, attends, tu devrais le savoir si c'est ta leçon! Cherche dans ton bouquin, je sais pas...

雀可，你已经是高中生了，必须学会自主学习，明白吗？
Faut être autonome maintenant, Choco, t'es au lycée!

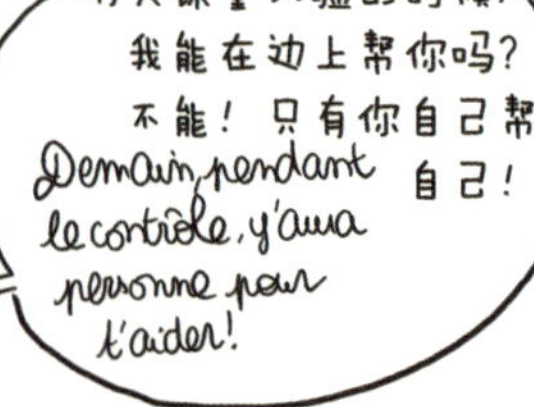

你要是从我这儿轻而易举地知道了答案，不出五分钟，你就会忘得一干二净！
Si je te le dis, tu vas oublier en cinq minutes!
在书本里寻找答案的过程对你特别有帮助，懂吗？
Tu verras, ça t'aidera bien plus de chercher.
妈呀，我简直就是个目不识丁的大蠢蛋……
Putain, je suis qu'une GROSSE INCULTE …

都是驴儿惹的祸

Sista Donkey Pawa

说吧，跟我说说到底是怎么回事儿。
Allez, vas-y, déballe l'histoire.
他在你房间里发现什么了？？卫生护垫，还是安全套？
Qu'est-ce qu'il a trouvé? Protège slip, gaine...
都不是。
NAN.
更糟糕。
PIRE.
当时，我俩在我房间里……
On était dans ma chambre...
那个……
Et là...
谢阿娜，那个是什么？
euh, Théana, c'est quoi, ça?
啊哈哈，那个吗？哈哈！
AH ÇA?!! HAHA!
那只是个装饰嘛！
Nan mais c'est juste pour décorer, hein!
我才不会抱着那东西睡觉呢！
Je dors pas avec!
哈哈！
haha!
天哪！他发现那只薰衣草熊熊了……
Oh meeerde!... Il a vu Lavandin...
别急，还没完呢。
Attends, c'est pire..
不要啊……
Naaan...
呵呵！
héhé!
咕唧咕唧……
Gouzi Gouzi...

这个是挺可爱的，呵呵，不过我想问你的是那个……呃……

Euh, oui, oui, très mignon. Mais euh... je parlais de ça...

sex

不！！

NON!

该不是驴头拖鞋吧！！！

PAS LES PANTOUFLES ÂNE!!!

没错，说的就是驴头拖鞋。

Si.

我刚跟你说什么来着，我搞砸了。

J'ai merdé, j'te dis.

唉，下回不如在房间里放条性感的丁字裤……

Bâââh, la prochaine fois, laisse traîner un string...

完蛋了，一切都完了……你知道我那双驴头拖鞋有多逼真吗！！！

Mais non, c'est foutu... elles font la taille de flution!!!

我明白，老妹，我明白……

Je sais frangine... Je sais.

思考
À méditer

手中书为简·奥斯汀的《傲慢与偏见》。——译者注

晃动你的屁股

Shake your booty

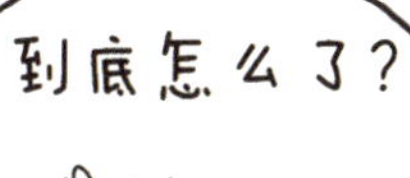
到底怎么了？
Qu'est-ce qui se passe?

你看看我是不是只有臀部是抬起的？
Est-ce que j'ai juste les fesses qui se soulèvent?

恐怕我可爱的妹妹是想变成夏奇拉一样吧……

Je crois que ce jour là, ma frangine a essayé de ressembler à Shakira...

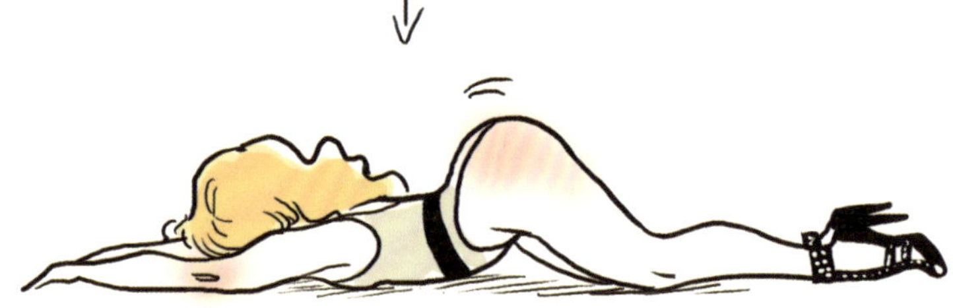

今天我差点就成了品位高尚的文艺青年

Aujourd'hui, j'ai failli avoir de bon goûts musicaux

关于显摆专业与炫耀档次，咱家的牙医总有自己的一套……

Notre dentiste a une façon bien à lui d'exprimerson professionnalisme et sa classe...

那么你呢，你在哪儿工作呢？
Et alors toi, tu fais quoi?
我画插画。
Je suis illustratrice.
该不是开玩笑吧？！！哈哈！！这可是个很有前景的职业哦！
Déconne?!! Ah Ah!! Ben y'en a qui ont de l'espoir!
哎呀，我看你的打扮很有"哥特风"呢！你算不算是《海军罪证调查处》里Abby那样的女孩呢？
Ah ouais, toi, t'as le look gothique! T'es genre "Aby" dans N.C.I.S, nan?
我觉得很像呢！
C'te classe!
咦？你的衣服上印的是什么呀？
Oooooh, et y'a écrit quoi sur ton T-shirt, là?...
呵呵
HÉHÉ
我总是牙龈疼……也不知道为什么……
Alors moi, j'ai très mal aux gencives... Je sais pas pourquoi..
嗯……您丈夫是干什么的？
Mmh mh... et votre mari, il fait quoi déjà?...
大功告成，治疗全都做完咯！哈哈！
Bon ben, tout est parfait: comme le reste! haha!
HIN HIN
现在轮到你了，茉林。
Allez, à toi Maureen.

我最近这颗牙齿总是很疼，而且……
Ben moi, récemment, j'ai eu super mal à cette dent là, et...
哎呀，糟了！
OH PUTAIN!!
啊，怎么了？？？
QUOI?!!
ouarf ouarf!
为什么戴眼镜呢？难道你是想把自己藏在眼镜后面吗，嗯？！
C'est quoi ces lunettes?! Tu veux te cacher ou quoi?!
HA HA
还是在角色扮演“丑女贝蒂”呢？
Tu nous la joue "Ugly Betty", là!
哎哟喂，不是我说，你要是把眼镜给摘了，大家都快认不出你啦！！！
Putain, j'suis sûr, tu les enlèves, personne te reconnaît!!!
HA HA HA HA HA HA HA
哎呀，真是逗死我了，逗死我了……
Vas-y, fous ta main dans ma bouche qu'on rigole...

追随自然的脚步……

Chassez le naturel...

……飞奔归来的她们

... il revient au galop.

所谓分配不均……

Y'a comme une injuste répartition, là...

只有穿上美美的
高跟鞋，才能让
我忘掉这一切。

Je porte des
talons hauts
pour oublier.

关于我的须知：一说到买东西，我便会瞬间失去与现实世界的联系……

Ce qu'il faut savoir sur moi : en matière de shopping, il m'arrive de perdre tout contact avec la réalité...

哦不，可是……

Nan, mais c'est sûr...

我需要一双豹纹鞋。
Il me faut une paire léopard.
（请注意：以上仅为个人藏品的一小部分。）
(ndlr : ci-dessus n'est représentée qu'une partie de la collection.)

也许这就是不约而同吧……

Quelque chose dans le sang, je ne sais pas...

2009年 元旦

2009 Nouvel an...

你看，我刚买的上衣，

Ouais, j'ai trouvé un super haut chez...

是……

哎哟喂，你看哟，怎么连颜色都是一样的……

On aurait au moins pu choisir une couleur différente...

唉……

mais non.

2010年7月

Juillet 2010 丹丹的生日

Anniversaire du Dindon

我的天呀，连指甲的颜色都是一模一样的！！！

OH BORDEL, MÊME LE VERNIS !!!

然而……

Pourtant...

有时候，我们会刻意与无情的命运抗争……

On essaie de feinter, de changer le destin...

2010年

2010

可尽管如此……

Mais malgré ça...

显然……

Évidemment.

显然……

Évidemment.

看来，下回出门前还真有必要打电话先通个气。

Faut vraiment qu'on pense à s'appeler avant de sortir de chez nous.

的确。

Il faut.

有时候，我会想：做个娇滴滴的女孩也算一种天生的福利

Parfois, je me dis : heureusement que je suis douillette

我们从来只谈论最重要的事

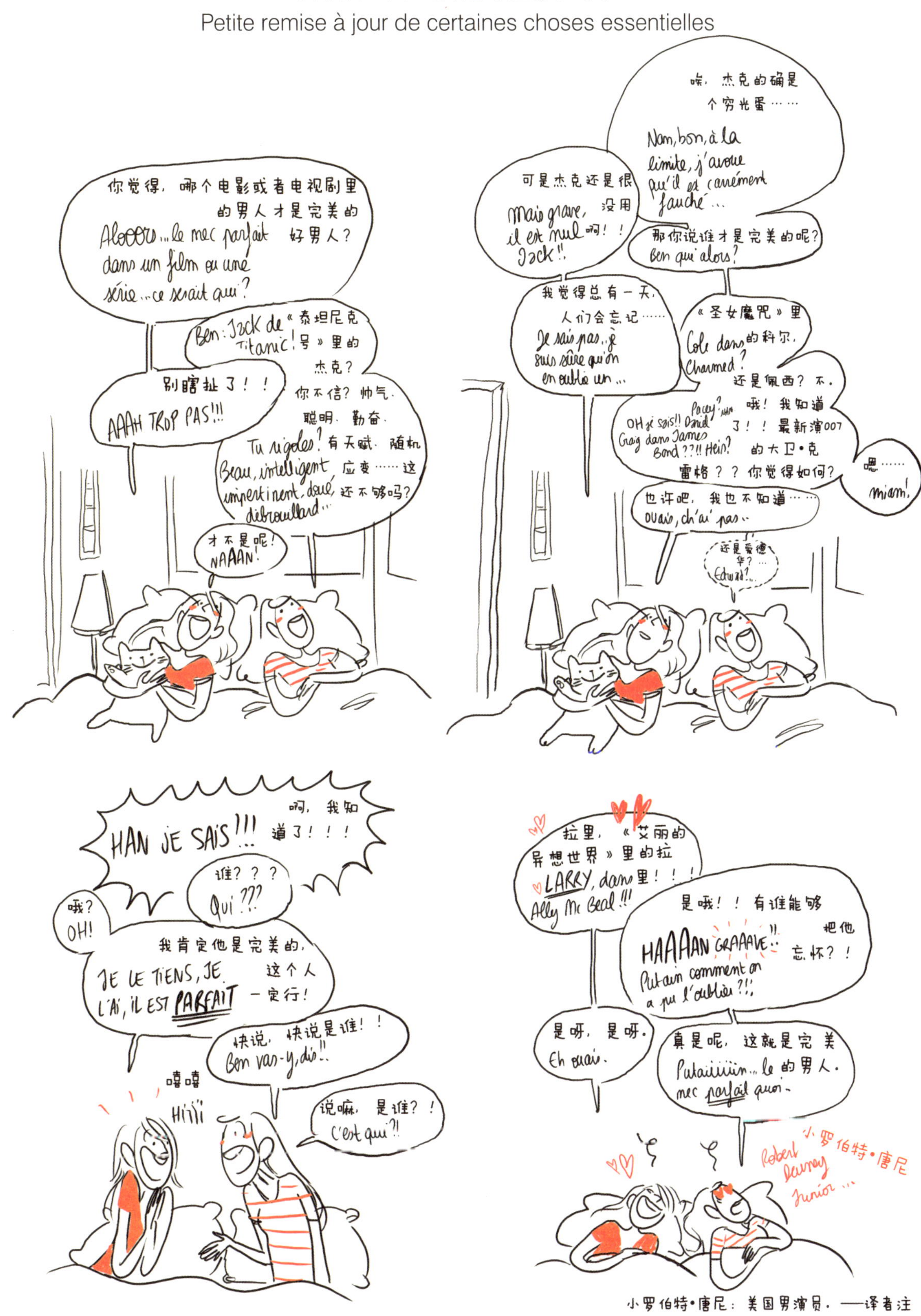

小罗伯特·唐尼：美国男演员。——译者注

有些人还真八卦呢！！！

Et il a des taupes en plus !!!

PAAARDON?!! MAIS?!!? COMMENT IL EST TOMBÉ DESSUS?!
神马？！！可是，可是他怎么会知道哪个是我的博客呢？！
Une collègue à lui qui suit ton blog...
他说他有个同事一直追着你的博客看呢……

Elle a vu le reconnaître, alors elle lui a montré.
那个同事发现你某天的博客说的就是他们牙医诊所的事儿，还认出来画的人就是他，就给他看了。

Oh ben si elle l'a reconnu...J'y peux rien moi.
我都画成这样了，他还能被人认出来，那我也无能为力，唉。

15岁：高二

15 ans: Seconde

保持哥特风格还挺累人的呢！哈哈哈……

Nan mais ils me font de la peine ces gothiques! holalàaa...

不过你们看到的我，也从来不会真的穿成这样！太没劲了！

Jamais vous m'verrez comme ça! Déprimant!

那时的我，听：麦当娜、kyo、Pink、罗比•威廉姆斯

BO: Madonna, Kyo, Pink, Robbie Williams

17岁，毕业班
17 ans, terminale

那时的我，听：伊凡塞斯、korn、Seether、System of a down

BO: Evanescence, Korn, Seether, System of a down

19岁，艺术学院

19 ans, école d'art

赶时髦的都是些粗俗的人，我还是更喜欢读书。

Pff, la mode c'est un truc superficiel. Je préfère lire.

那时的我，听：
保罗·安卡、
Minor Majority、
Snow Patrol、Sia

BO: Paul Anka,
Minor Majority,
Snow Patrol, Sia

22岁，插画师

22 ans, illustratrice

那时的我，听：Lady Gaga、麦当娜、猫王、小甜甜布兰妮、辣妹……

BO : Lady Gaga, Madonna, Elvis, Britney, Spice Girls...

24岁……？？！？
24 ans... ??!?
说真的，那些穿高跟鞋的女孩子还真让我很囧呢。
Sans déconner, moi, les filles en talons, ça me fait gerber.

我又不是想做迪塔·万蒂斯

N'est pas Dita qui veut, hein

迪塔·万蒂斯是一位多栖发展的脱衣舞女郎。
Chantal Thomass是法国内衣品牌。——译者注

小姐，有满意的吗？
Alors Mademoiselle, ça allait?
没。
NAN.
哦？是吗？这么多都没有合适的吗？
Oh? Pourquoi ça?...
罩杯不合适。
Problème de coupe.
要买个90A的怎么就这么难……
Pas foutus de vendre un 90A correct...
其实您可以试试看带衬垫的魔术胸罩……
Vous devriez essayer un petit push-up...
我才不要什么衬垫，什么聚拢！！！我就是要买个合适的胸罩！！！
MAIS JE VEUX PAS DES PLUS GROS NIBARDS!!! J'VEUX JUSTE UN SOUTIF À MA TAILLE!!!
他妈的！
MERDE!

我的自杀动机

Je possède un motif de suicide

请问您赞成还是反对在沙滩上穿丁字裤？

Pour ou contre le port du string à la plage ?

难道我看起来像是要找人闲聊吗？

Est-ce que que j'ai franchement l'air de vouloir bavasser, là ?

运动的代价

Athlétique, je vous dis

运动前：

Avant le sport :

运动后：

Après le sport :

幸福世界……

Happy world land...

那么，然后呢？问题在哪儿呢？
Eh ben alors? C'est quoi le problème?
LADY GAGA
问题就是：没有问题！！！
Ben c'est que justement : y'a PAS de problème!!!
真的没有！什么都没有！
RIEN!
呃，这样，那还真是……
aaah ouais... dur...

创世纪

Genèse

现在的我也许已成长为一个不折不扣的“女流氓”，但从前的我并非如此，我甚至曾经是个很善良的女孩。

Aujourd'hui, je suis peut-être une vraie chieuse : mais il n'en a pas toujours été ainsi. J'ai même été carrément GENTILLE.

太丢人了，那时的我简直是个白痴。
Ah non, au temps pour moi : j'étais juste conne.

参观新居

En visitant son nouvel appart'

我心永恒

My heart will go on...

一天晚上，我和Renart一起看了《真爱至上》。

L'autre soir avec Renart, on a regardé "Love Actually".

电影里有一段是爸爸带着儿子看《泰坦尼克号》。

À un moment dans le film, un homme montre "titanic" à son gamin.

《泰坦尼克号》的片段持续了30秒。

L'extrait dure environ 30 secondes.

这就足够了。

Ça a suffi.

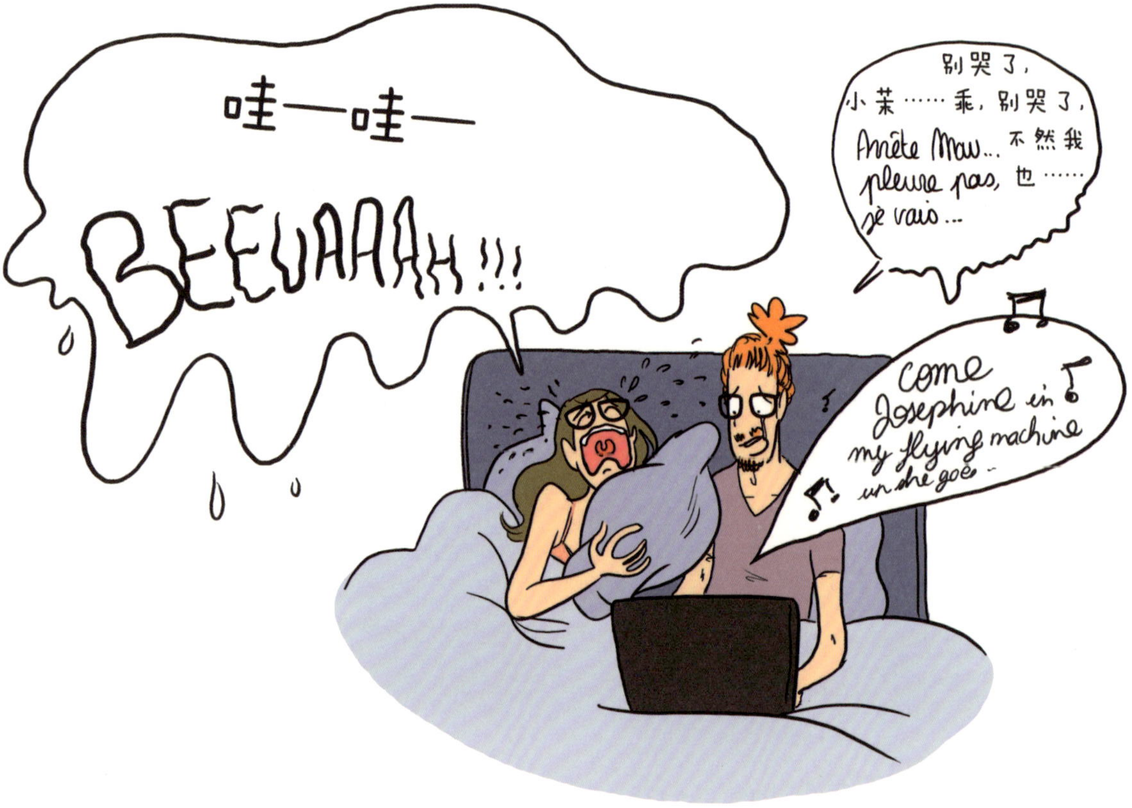

哇——哇——

BEEVAAAH!!!

别哭了，
小茉……乖，别哭了，
Arrête Mau... 不然我
pleure pas, 也……
je vais...

Come Josephine in my flying machine un she goes...

那一夜，我俩都
哭得稀里哗啦，
只因电影
太感动
人……

Oui, c'est dit : on est des gros atteints du bulbe en ce qui concerne ce film...

好在，我们还有彼此。

Au moins, on s'est bien trouvés.

我不过是个生性敏感的小东西！
Je ne suis qu'une petite chose sensible, bon Dieu !

是我太敏感，还是年轻人都不会感动了？！

Nan mais c'est moi, ou les jeunes ne s'émeuvent plus de rien ?!

15岁的迪格力：

Diglee à 15 ans:

爱与被爱是你今生最大的功课。

The greatest thing you'll ever learn, is just to love and be loved in return.

（这句话写遍了我那时的每一本日记本和记事本……）

(Cette phrase a recouvert bon nombre de mes agendas et journaux intimes à l'époque...)

《泰坦尼克号》 Titanic 《红磨坊》 Moulin Rouge 《罗密欧与朱丽叶》 Roméo & Juliet

"爱与被爱是你今生最大的功课。" 出自《红磨坊》台词。——译者注也许只是因为我太善良，太天真。

... Bon, ok: C'est peut-être juste moi qui suis un brin bon public.

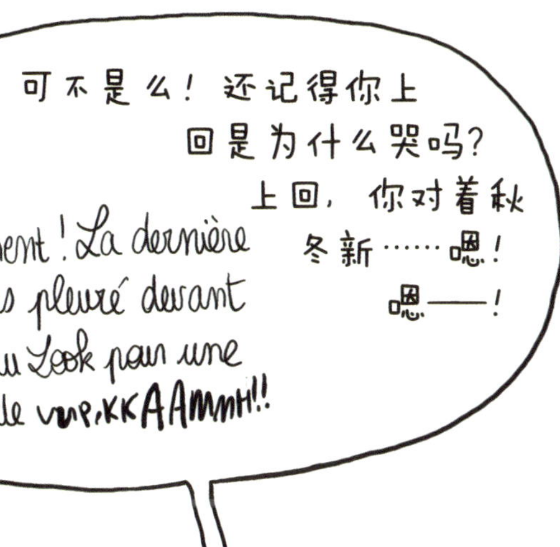

好吧，我的确能对着一双双美美的秋冬新款高跟鞋默默泪流……

... Oui, d'accord. Ça vient de moi.

矛盾……

Contradiction...

你这家伙，好像完全掌握胸部的造型了！！
Punaise t'as carrément géré la poitrine!!
太美了！
Trop beau!
不过，你算过从肚脐到阴部的距离吗？你画得是不是太靠近了？
Par contre, t'as mesuré l'écart "nombril-pubis"? Ça ne paraît un peu court, non?

只不过是罩杯不同而已
Une question de bonnet

他疯了！！

Mais il est fou, lui !!!

恐惧秀

Horror Show

十几岁的时候，我超爱看恐怖片。快要过万圣节的时候，我常和朋友们一起看恐怖片。

Ado, j'adorais les films d'horreur. Avec mes amies, on en regardait hyper souvent, surtout vers Halloween.

那时候，我可以把《惊声尖叫》的台词倒背如流。

A l'époque je connaissais "Scream" par cœur. (oui bon...)

《变态轮回》、《灵异第六感》、《小岛惊魂》、《鬼水怪谈》、《惊声尖叫》、《万圣节》、《魔掌》、《女巫布莱尔》等等，诸如此类，我都能看，一点儿不害怕。

"Le Cercle", "Sixième Sens", "Les Autres", "Dark Water", "Scream", "Halloween", "La main qui tue" (hem), "Blair witch"... Je pouvais tout regarder sans problème.

小茉？！！电影里在放什么？？？

Mau?!! y s'passe QUOI?!!

我总是很淡定，完全不会怕得闭上眼睛。所以我得一字不漏地把故事讲给克洛伊听。）

Et je ne fermais JAMAIS les yeux. (Du coup, je devais tout raconter à Chloé.)

12岁的时候，我就一个人把《灵异第六感》看完了，结果当天晚上我竟然差点不敢一个人去上厕所。

Bon, j'avoue, avoir vu "Sixième Sens" toute seule à 12ans a un petit peu contribué à ma peur d'aller faire pipi la nuit.

后来，我长大了。我以为自己会成为一个冷酷无情的人，浑身上下的器官都对恐怖片免疫……

Après j'ai grandi. Je pensais devenir une insensible chronique, avoir développé des facultés extraordinaires...

Et puis j'ai vu "REC".

不过，我挺了过来，并从此开始寻找能够真正让我害怕的电影。

Mais je tenais le coup, et j'étais toujours à la recherche DU FILM qui me ferait peur.

可是有一天，我看了《死亡录像》。人生中，我第一次有了闭上双眼的冲动。

Pour la première fois, j'ai eu envie de fermer les yeux.

（我写的东西绝对不是什么软文！）

(Non non, ceci n'est pas un article sponsorisé !)

从那次起，某扇关闭的闸门仿佛从此打开……

Du coup, depuis, c'est comme si la vanne s'était ouverte...

于是，我又翻出当年那些完全吓唬不了我的电影……

J'ai revu les films qui, à l'époque ne me faisaient pas du tout peur...

不过，现在这些电影都快把我吓傻了，让我心绪不宁，还无法入睡。

Eh ben maintenant, ils me terrorisent. Je n'arrive plus du tout à relativiser, et encore moins à m'endormir.

各种不安还会进而发展出妄想症的症状：

Et cette remontée d'angoisses en tout genre a maintenant viré paranoïa aiguë. Exemple :

在此，我宣布：想与我同眠共枕，必须有一颗强壮的心。

J'annonce donc : aujourd'hui, faut avoir le cœur bien accroché pour dormir avec moi.

好吧，这也不是我的错啊！
Mais bon, c'est pas ma faute, aussi !

……对，我承认那些电影已经顺利把我转变成一个十足的胆小鬼……

Oui, je veux bien admettre que je suis devenue un brin trouillarde avec tous ces films…

……可是，有一些在我身上发生的事情实在让人匪夷所思。

… Mais il m'arrive parfois des choses totalement dingues.

原景重现
Revenons en arrière…

2007年冬天

Hiver 2007

那时候，我有时候会给别人看孩子。某天晚上，我得替人看护两个小朋友和他们13岁的哥哥。

À l'époque, je faisais du baby-sitting. Et ce soir-là, je devais garder 2 petites choupettes et leur grand frère de 13 ans.

两个小朋友上床睡觉后，我就坐着开始看电视……简直是baby sitter中的典范！

Une fois les petites couchées, je décide de m'installer devant la télé… en bonne baby-sitter.

这个大房子里有一样东西让我很不喜欢：坐在沙发上的人背对着整个客厅，让人没有安全感。
Le seul truc que je n'aimais pas trop dans cette maison, c'était que, une fois dans le canapé... on était dos à tout le salon. Pas super rassurant.
客厅墙的一部分是整块的大玻璃，黑夜幽幽地穿过玻璃透进屋里来。
Surtout que le salon était en partie fait de baies vitrées, qui donnaient sur la nuit NOIRE.
我百无聊赖地等着看《欲望都市》，正在这时……
J'attendais avec impatience que "Sex and the City" commence quand soudain...
茉林？
Maureen!

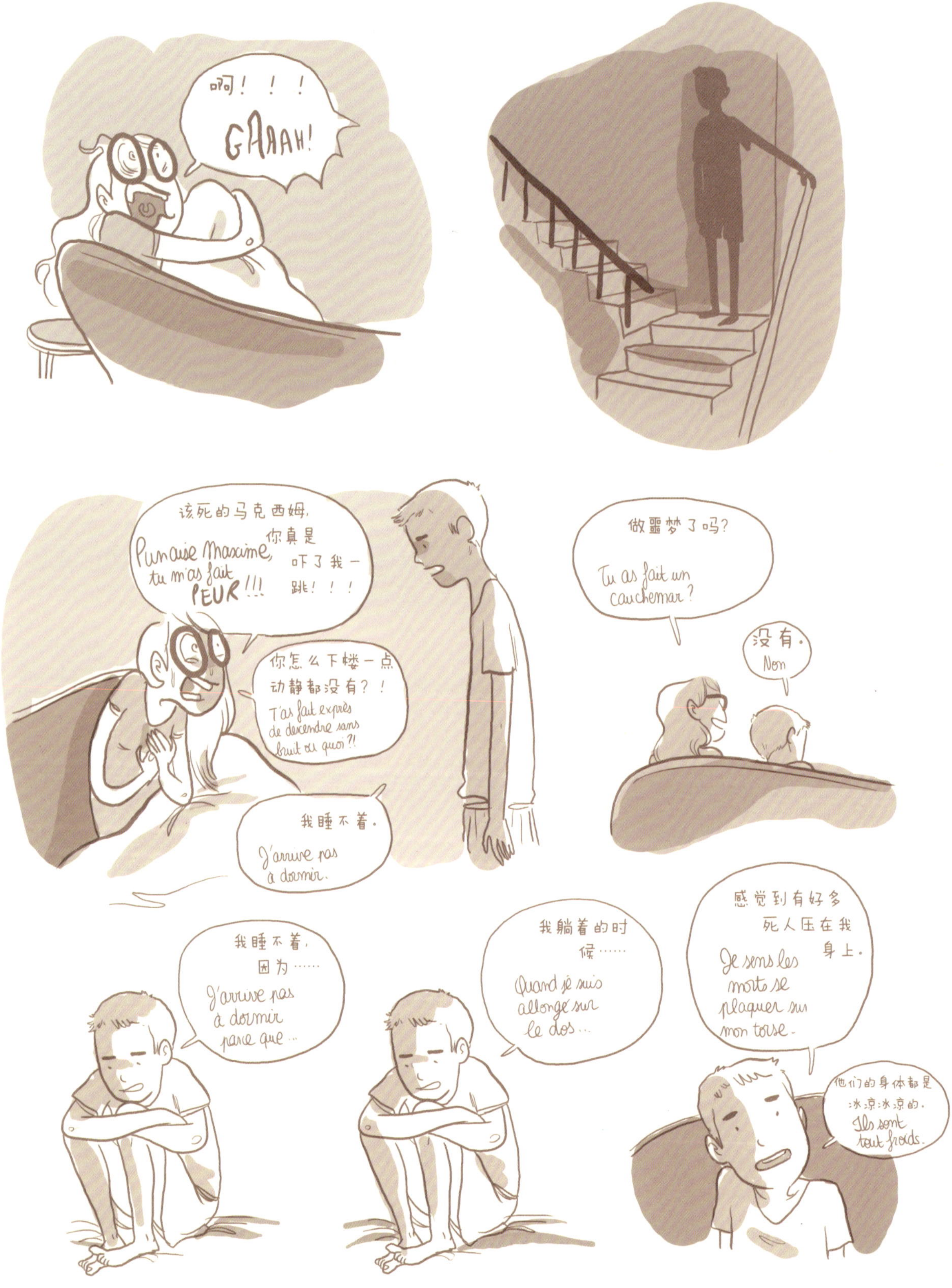

啊！！！
GAAAH!

该死的马克西姆，你真是吓了我一跳！！！
Punaise Maxime, tu m'as fait PEUR!!!

你怎么下楼一点动静都没有？！
T'as fait exprès de descendre sans bruit ou quoi?!

我睡不着。
J'arrive pas à dormir.

做噩梦了吗？
Tu as fait un cauchemar?

没有。
Non

你……你是说死人吗?
Des... des morts?...
小孩儿别瞎说……
Qu'est-ce que tu racontes?
所以我才常常没法睡觉。
C'est pour ça que je dors jamais...
我能看到太多别人看不到的东西。
Je vois trop de choses.
哪有啊，不过是你自己的想象嘛!
Maiiis nooon, tout ça c'est dans ton imagination!
ha ha ha!
哈哈哈!
救命啊……
Au secours...
你凭什么说都是我自己想出来的。
Nan mais toi, tu peux pas comprendre... t'as jamais été morte.
你不懂的……你又没死过……
Moi, je suis mort depuis longtemps.
我已经死了很久了。别傻啦，你活着呢，活得可好呢!
Je t'assure que tu es bien vivant!
像你这么大的孩子，总有一些害怕的事情，很正常。
C'est normal à ton âge d'avoir peur.
可我不是害怕!只是……
J'ai pas peur! C'est juste que...
……

马克西姆?
Maxime?
喂喂!
Oh eh!
嗯? 不好意思……我刚才说到哪儿了?
Hein?... Pardon, qu'est-ce que je disais?...
呃,糟了……
Oh putain...
对不起,我看到鬼魂的时候,就会吓得说不出话来……
Excuse-moi.. quand je vois un fantôme, je perds le fil...
哎呀,不要紧的,不要害怕!
Nan nan c'est rien, t'inquiète!
只是说说而已,对吧?嗯?
On papotait juste un peu.
现在也不早了,你是不是该睡觉去了?
Bon il se fait tard, tu ne veux pas aller te coucher?
乖啦,有事就来找我,好吗?
Mon Dieu venez-moi en aide...
我不喜欢楼下的厕所。
J'aime pas les toilettes d'en bas...
你知道为什么吗?
Tu sais pourquoi?
我不知道!不过你还是下次再告诉我吧,好吗?
Non, je sais pas! Mais tu me raconteras tout ça la prochaine fois! Hein?
因为有一次,我去上厕所的时候……嗯,不是去洗衣间的时候……
Parce qu'une fois, quand j'y suis allé... eh ben dans la buanderie...
我看到一个头……一个被砍下的头,漂浮在半空,还盯着我看……
Il y avait une tête... une tête coupée qui lévitait et elle me fixait.

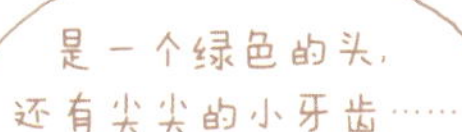

是一个绿色的头，还有尖尖的小牙齿……
C'était une tête coupée verte, avec des toutes petites dents pointues.

它一直跟着我，跟到了走廊……
Elle m'a suivi jusqu'à la fin du couloir...
就是那儿。
Là-bas.

……

唉，我累了……
Bon, je suis fatigué...
我去睡觉了。
Je vais aller me recoucher.

嗯，快去睡吧！
Oui, très bonne idée.

晚安，茉林。
Bonne nuit, Maureen.
晚安！
Bonne nuit!

从那次以后，我就时不时地处于某种疑神疑鬼的状态。
Après ça, j'estime avoir le droit de flipper de temps à autre.

雄性动物的逻辑

La logique du mâle

那你至少知道今年的圣诞礼物该要什么了，对吧？
Bon ben, là au moins, tu sais ce que tu vas demander à Noël !..
当然！
Ouais !
吋
38吋纯平大电视！
UN ÉCRAN PLAT 96cm !!!!
（正在用的电视机，运行良好）
(télé actuelle en parfait état...)

关于我的须知：在内心深处，我大概5岁

Ce qu'il faut savoir sur moi : je dois avoir à peu près 5 ans, au fond

啊哼啊哼，
哦耶！！
ou AH ou AH !!

嘟噜嘟噜
嘟噜！！
TUTUTU
TUTU TULU!!

至少有一个人戴着
这么丢人的硬纸
王冠也不害
臊……
Ça fait au moins
une personne qui
n'a pas honte de
porter cette horreur
en carton…
话说，这可是我
的大表姐，
我的
人生
榜样！
Dire que c'est
ma grande
cousine… mon
modèle !

另一种幽默

Une notion de l’humour... différente

太搞笑了！！
Tu vas voir!!
肯定能让你笑破肚皮！！
C'est carrément dingue!
唔，有一只小鹿，真可爱！！！
Oooh, le petit faon!!!
小鹿跟猫咪成了朋友呢！！
Ooooh, il est ami avec le chaaat!!
呃，呃……
Oh oh...

鹿妈妈来找自己的小宝贝了，
y'a sa maman biche qui vient le chercher...
它看上去挺高兴的！
Elle a pas l'air contente !
哦，不！！
Houlà... NON!!!
别伤害小猫咪，不要！
PAS le chat!!
别担心，猫咪挺聪明的……
T'inquiète, il est pas con...
好哎，猫咪得救了！
Ouf, il est sauvé ! héhé !
要乖，知道吗？千万别惹鹿妈妈了，好吗？
Fallait pas l'emmerder la biche, hein !
别急，你看：还有一条狗在那儿呢……
Attends, regarde : y'a un chien là-bas...
可是？！
Mais?!
这是怎么回事啊？！！……
Mais qu'est-ce que?!!...
"凯，凯！"
KAÏ!! KAÏ!!

ha ha ha ha
ha 哈哈哈
"凯，凯！别碰狗狗！！！凯，凯，凯！！！救命呀，谁来救救它！！！"
KAÏ KAÏ NOOOoo WAF KAÏ KAÏ MY DOOOG!!! leave him alone!!! KAÏ KAÏ KAÏ!!! HELP MEEEE!!!
母鹿一脚踏上去，二话不说！
Elle lui fonce dessus sans raison!!
狠狠揍了它一顿！！
Et elle le tabasse!!
"我可怜的狗！！！看上去伤得不轻，凯！哦，不……凯！凯！
MY DOG!!! he's seriously hurt... oooh NOOOo!!! KAÏ KAÏ KAÏ
你这玩意儿太可怕了！！！
C'est HORRIBLE ton truc!!!
……
我承认，那个配乐听上去的确有点凄凉……
C'est vrai qu'avec le son, c'est un peu glauque...

一星期以后……
Une semaine plus tard...
小茉……
Mau...
我向你发誓，向组织保证，那条狗狗现在很健康呢！……
Je te jure qu'il va bien le chien!...

要让他们习惯我们穿高跟鞋，就得这么干

C'est ça de les habituer aux talons

男人的语言
Le langage de l'homme

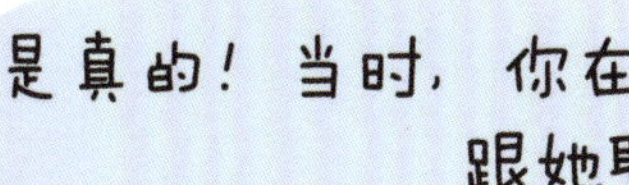
是真的！当时，你在跟她聊大卫的事儿！
Mais si! Tu lui parlais de David, même!
倒回
REWIND
是啊，真可惜呢……
Oui, c'est sûr, c'est dommage...
不过我写的那个剧本也的确太平淡无奇了。
Mais c'est vrai que mon scénar était creux.
矮油，杨娜小姐！！！你今天可真是街头气息十足呢！！
Alors Gargouin'!!! T'es STREET WEAR aujourd'hui!!

……
难道……你的言下之意是："杨娜，你真美？"
Donc là pour toi, tu lui as dit: "Ouah, Ygane t'es belle"?
那当然！我只是说得比较有艺术感嘛，对不对？
Ouais! Enfin, je l'ai juste joué un peu subtil, quoi.

神话的崩塌
Un mythe s'effondre...

某天晚上，在Renart家……
L'autre soir, chez Renart...

20分钟后，讨论了十几个明星的身高后……
Vingt minutes et une quinzaine de stars plus tard...

我也不知道……卡莉斯塔·弗洛克哈特？
Pff... je sais pas... Calista Flockhart?
我为什么会想到她呢？……奇怪……
Pourquoi je pense à elle moi?...
好嘞
Ok!
我来猜，你觉得她多高？
Je l'ai! À ton avis?

嗯……还真不好说……
Mmh... C'est difficile à dire...
我猜一米六九？
Je diraiiiiis 1,69m?
答案揭晓！一米六六！
Eh nan! 1,66m!

哦？！
Oh?!

她比我想象中的矮哦。
Ben elle est plus petite que ce que je croyais.

那个，那个，嗯……
Attends... Attends, heu...
你能不能看看小罗伯特·唐尼的身高？！！！
Tu... tu peux regarder Robert Downey Junior, s'te plaît?!!
我知道他算不上高大威猛，可是……
Il est pas très grand, je sais, mais...
也许一米七八？
1 mètre... 78?
或者七六
76?
不，都不对。
Nan.
一米七四
1,74m.
给聪明的Renart加10分！
Et Biiiim! 1/0 pour Renart!

这……这……这怎么可能！！
C'est... c'est... C'est IMPOSSIBLE!!

我的梦中情人
怎么可以只比我
高2厘米！！！
Mon homme idéal ne peut pas avoir seulement deux centimètres de plus que moi!!!

我要是穿了高跟鞋怎么办？！！
Si je veux mettre des talons?!!

真是的！！
我众里寻他千百度，
可他却……一米七四！！！
Putain, mais sérieusement!! J'avais cherché toute la soirée!!!

不得不抛弃他了，
得重新开始寻觅……
Faut TOUT recommencer !!!

好啦，伤心什么呀，反正你又不可能真的跟他肩并肩站一块儿。
Oui, oh, ça va, hein! C'est pas comme si t'allais le rencontrer non plus.

嘻嘻，让我来看看斯嘉丽·约翰逊。
J'vais regarder Scarlett, tiens.

是的……
我必须对拉里放手了，
他不属于我，会有人值得拥有他……
Eh oui... je dois laisser partir Larry et le rendre à toutes celles qui le méritent.

诗意的朋友，晚上好……

Amis de la poésie, bonsoir...

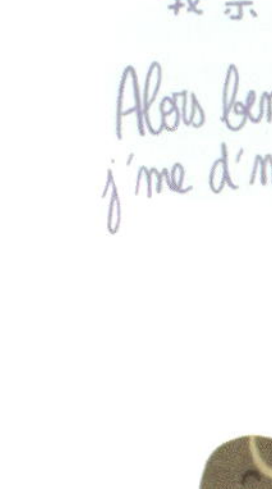

我的错

Mea culpa

我最最要好的朋友搬去巴黎生活已经一个多月了。她不再是那个住在我家隔壁的她了……

Depuis un mois, ma meilleure amie a déménagé à Paris. Elle n'habite plus à 5 minutes de chez moi...

内特、卡特、查克、瑟琳娜都是美国电视连续剧《绯闻女孩》中的人物。——译者注

《我所谓的生活》美国电视连续剧。——译者注

与我最好的朋友在巴黎逍遥一周。

Une semaine à Paris chez la meilleure potesse. Programme.

人们怎么说的来着？活到老，学到老

Comme quoi, il n'est jamais trop tard !

有一件事，我必须对大家坦白：在Lady Gaga横空出世之前，我惧怕跳舞。我这一生翩翩起舞的次数，只需竖起三个指头：

Bon, quand même, il y a un truc que vous devez savoir : avant Gaga, j'avais HORREUR de danser. Les chorégraphies que j'ai dansé dans ma vie, c'est simple, y'en a trois :

1 9岁的时候跳辣妹

Les spice girls en CM2. Âge : 9 ans

当时是班级在海边聚会，我跳的是呛辣妹Geri的角色。

C'était pour un spectacle en classe de mer, et j'étais Geri.

2 初一的时候珍妮弗·洛佩兹，那年我10岁。

J-Lo en 6ème. Âge : 10 ans

是体育课上跳的。那时我已经和克洛伊成了好朋友了，她很喜欢跳舞。也正拜她所赐，我终于发现自己在舞蹈上的无能。

C'était pour un cours de sport. J'étais déjà avec Chloé à l'époque, qui adorait danser. C'est là que j'ai commencé à réaliser que j'étais... nulle.

3 11岁，初二的时候跳小甜甜布兰妮。

Britney en 5ème. Âge : 11 ans

我的巅峰来了：我竟然从校庆的舞台上摔了下来，当着全班的面，甚至全校的面。

Alors là : Le summum. Je suis carrément tombée de l'estrade, en pleine fête de l'école, devant TOUUUT le monde. La classe ultime.

随着岁月流逝，我的身体更加僵硬了。

A croire que je me rigidifiais avec l'âge.

所以，曾几何时，我每晚都是这个样子：

Du coup pendant des années, en soirée je ressemblais à ça:

或者是这个样子：

Ou à ça:

忽然有一天……

Et puis un jour...

哇——

waaah...

我在电视上看到了《Bad Romance》的MV，于是：

Allez savoir pourquoi : j'ai vu le clip de Bad Romance, et aussitôt :

可怜的小笨笨，逃也逃不出Lady Gaga的魔咒。

Pauvre dindon. Impossible d'y échapper.

巴黎2010年4月，凌晨两点 22岁。

Paris, avril 2010, 2h du matin. Âge : 22 ans.

从那天起……

Depuis ce jour...

（横幅上写着）：新婚愉快——译者注

我嫉妒了吗？

MOI, jalouse ?

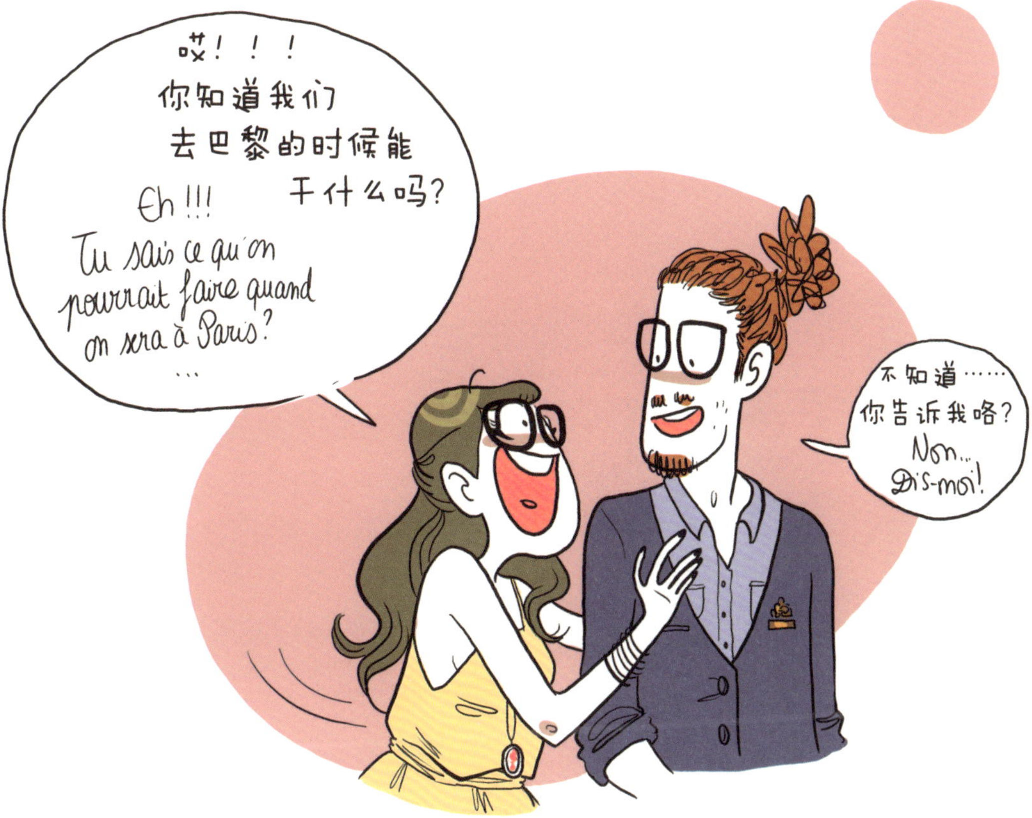

哎！！！
你知道我们
去巴黎的时候能
干什么吗？
Eh !!!
Tu sais ce qu'on pourrait faire quand on sera à Paris ?
...

不知道……
你告诉我咯？
Non...
Dis-moi !

看着她那神一样的身躯沐浴灯光，还有那飘逸的羽毛装扮，再想想疯马里红红的氛围，处处散发着热力……
Avec son corps divin baigné de lumière, ses tenues burlesques à plumes et l'ambiance rouge et chaude du Crazy...
高跟鞋，网袜……
Les talons, les bas résille...
呵呵呵呵呵……
RRRRRRRR
等等……
那疯马就……
Attends une petite minute...
我是不是刚为你一个人表演了迪塔·万蒂斯的全套……
Je viens de réaliser ce que je suis en train de te proposer là...
算了吧。
Oublie.

她说：“有一天，你是不是连自己的脑袋都能忘记在哪儿？”

« Un jour, tu oublieras ta tête » qu'elle disait...

到巴黎的第一天：与众出版社编辑见面。

Premier jour à Paris : rendez-vous avec les éditeurs.

哎哟……
Aloooors…

EDITEUR 出版社
顺利找到，毫无压力！
Et voilà !! Arrivée sans aucun problème!
真是不费吹灰之力。
Paname n'a aucun secret pour moi.

您好！
Bonjour!
我跟玛丽约了11点见面……
J'ai rendez-vous avec Marie à 11 heures …
您看我来得多准时……
Et je suis pile à l'heure…
请稍等。
Oui, un instant.

茉林？
Maureen?
哎？
Oui?

你好！
Salut!

你好呀，玛丽！
Coucou, Marie!

不过……可能有一点小问题……
Heu... en fait, y'a un petit problème...
Ah?

我记得咱们约的是下午3点见面，不是吗？……
On avait rendez-vous à 15 heures, non ?...

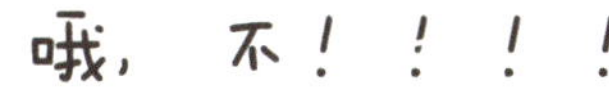

TUDUDUUÛÛ
哦，不！！！！
oh NOOON !!!!!

我把两个见面给搞混了。
Je viens donc d'intervertir mes deux rendez-vous.
太给力了。
Super.

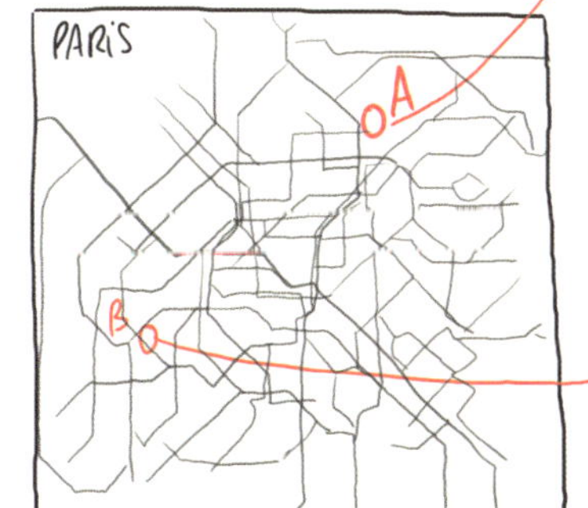

说话间……
Et à l'instant où je te parle...
我在这里。
Je suis ici.
PARIS
A
B
而等着见我的人在这里。
Alors que quelqu'un m'attend ici.

祝你好运。
Bonne chance.

那一次我差点谋杀了闺蜜

La fois où j'ai failli tuer ma meilleure amie

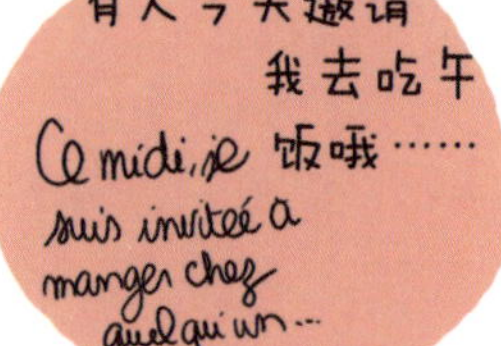

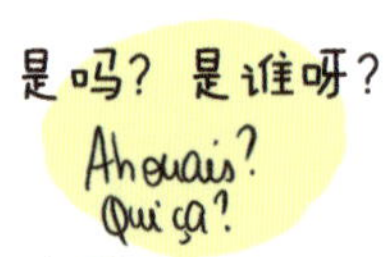

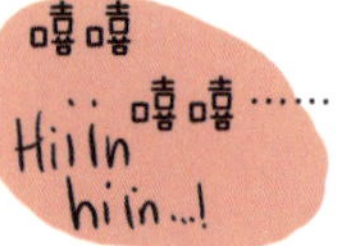

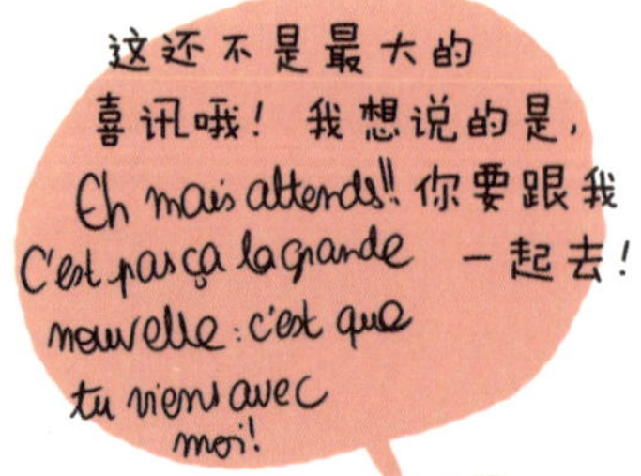

马尔戈·莫丹法国著名女漫画家、插画家。——译者注

见面

Rencontre...

我们好像提前到了。
Par contre on est un peu en avance…

没关系！咱们先来拍些照吧！！
PAS GRAVE! On va faire des photos!!

怎么来了都不打个电话？！！
MAIS?!! Elles sont cons! Bah alors?!!

她们是不是傻呀！
Fallait appeler!

我刚才在洗澡呢，没听到门铃！
J'étais sous la douche, j'vous ai pas entendues!

她好瘦！……
Elle est miiiiince!...
她好美……
Elle est beeelle...

午饭的气氛欢快而诡异，就好像三个老朋友在一起分享食物，更分享生活。

Le repas s'est déroulé dans une ambiance carrément dingue. Comme si trois potes partageaient leur déjeuner.

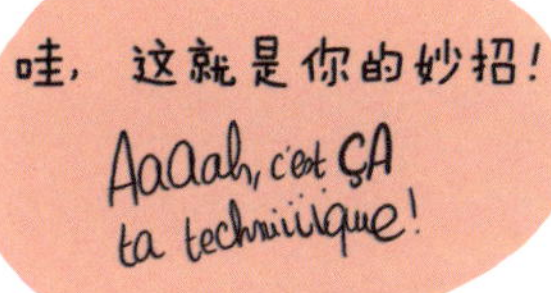

我们真的很想把这么快乐的时光永久保留下来，可是……

On a bien tenté d'immortaliser ce moment d'exception, mais...

欢乐的时光总是太短暂。两个小时肆无忌惮的谈笑后，我得去赶火车，而克洛伊也该回去上班了。

Et après 2 heures de marrade intempestive, il était l'heure de rejoindre la gare pour moi, et le boulot pour Chloé.

排队一小时等看《太空山》：我们心甘情愿。

60 minutes de queue pour Space Mountain : on s'occupe comme on peut.

她抢了我的台词……

C'est précisément ce que j'allais dire...

残酷的选择

Cruel dilemme

做爱……
Sexe…
购物……
Shopping…
购物？
Shopping？
嗯，
mmh
不，做爱……
non sexe.
做爱？……
Sexe？…
购物吧……
Shopping…
哈！
rhaa！
做爱
sexe
shopping
购物
购物……
shopping..
做爱？
sexe？..
再想想……
attends..
好好想，不着急……
Prends ton temps
…
GLAMOUR

我们是真心希望世界和平

Mais naaan, pour de vrai, on souhaiterait la paix dans le mooonde

做个有钱人。
Être riche.
我就知道，嘻嘻！！
Je le savais!!
我的愿望跟你一样呢！！
Moi aussi, ce serait ça!!
至少可以不为钱发愁了，自己想干什么就干什么……
Comme ça, au moins, t'es tranquille de ce côté-là... Le reste tu le fais toute seule...
对，没错！
Ben oui, voilà!
如果有人用钱砸我，我马上就做一个自己的品牌！
Moi, on me donne de l'argent, je lance ma marque DIRECT!
必须滴！
Carrément.
我们可以在纽约买上loft，做邻居！
Et on pourrait acheter des lofts côte à côte à New York!
我还可以在里昂买套美美的房子，专门当我的工作室……
Et sur Lyon, je me trouverai un super bel appart, grand et tout pour travailler...
耶！！而且我们可以时不时就出去旅游！
Oh ouiiii!! Et on voyagerait TOUT LE TEMPS!
也不用什么私人飞机，咱们绿色出行！
Mais pas en jet privé. Ça pollue.

是哦！
OuAis!
香奈儿的包包，咱们一色买一个……
On aurait le sac Chanel dans toutes les couleurs...

也许我们还能跟卡尔·拉杰菲尔德见面……
On pourrait peut-être même rencontrer Karl Lagerfeld...

我还可以请Lady Gaga来家里给我表演……
Je pourrais me payer une prestation à domicile de Lady Gaga...

喂！！我想到了！！
HAN!! Je SAIS!! Tu sais ce qu'on pourrait avoir?!!!
你知道还有什么东西吗？

一个私人教练！！！
UN COACH PERSO!!!

真的！……
HAAAN OUAiiis!...

那我们的身材该会有多好呀！！！
Et on deviendrait des BONNASSES!!!

哇……
ouaaaaah...

去安大略省的山里徒步……
T'ain le pied...

小姐，一共22欧元！
Ça fera 22 euros, Mesdemoiselles!

搞什么，我看看有没有25欧元？！
Putain, 25 euros?!
他们还真不要脸。
Ils se font pas chier!

纪念品

Souvenir

年轻人都得推一把

Faut les booster, ces jeunes

10分钟后……

Dix minutes plus tard…

1，2，3，来，
扭腰，膝盖放松，
Un, deux, 微微弯
trois, 曲！！！
on se déhanche,
on a le
genou
souple !!!

轻轻抚摸自己的下巴！
Et quatre, tu te caresses le menton !
就像《Poker Face》里那样。
Comme dans "Poker Face".

现在躺在地上，脑袋枕着手臂……
Allez, la partie au sol ! La tête sur le bras...
这么躺着的话，骨头硌人呢……
Mais j'ai un point de côtéééé ...
很正常，所以才要练嘛，这对你身体很有好处！
C'est normal, c'est que ça te fait du bien !

腿抬起来，抬高！！！
Et Un, la jambe en l'air!!!

把腿放下，把左腿伸直！！！
Et DEUX on rabat, et on tend la jambe gauche!!!
算了，我不学了……
Pff, j'suis nase...
怎么可以就这么放弃了呢？！这才学了5分钟呢！！！
Ah non, on n'abandonne pas au bout de 5 minutes!!!

坚持一下，对身体好！！！双腿交叉！！！
Allez, c'est bien!!!
TROIS, on inverse les jambes!!!

挺直身体……
Quatre, on se relève
你这个舞让人屁股疼，累死了。
Pfff, ça fait mal au cul, ton truc. J'suis crevée.

现在把腿伸向前方……
Cinq, on passe la jambe devant…
就这样！
Schlack!

双手放在膝盖上！！
Six, on lance la main sur le genou !!

……
Sept on …

谢阿娜？！！！
咱们家的人怎么能说放弃就放弃！！快给我回来，跟我一起做！！！
雀可！！！
快给我回来！！！
Chéana ?!!!
Eh oh, on n'abandonne pas, dans notre famille !!
Viens répéter !!! Chaco !!!
Reviens tout de suite !!!

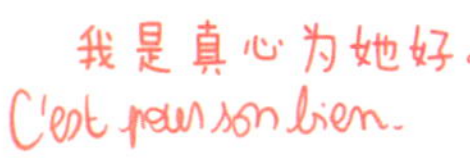
我是真心为她好。
C'est pour son bien.

比沐浴香波还好闻

Mieux que Super Croix

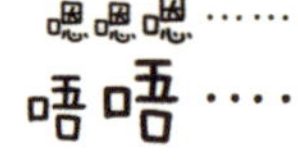

真不知道，我该震惊还是该感激？

Je ne sais pas si je dois être choquée ou incroyablement reconnaissante...

阿尔茨海默症的前兆

Bientôt Alzheimer...

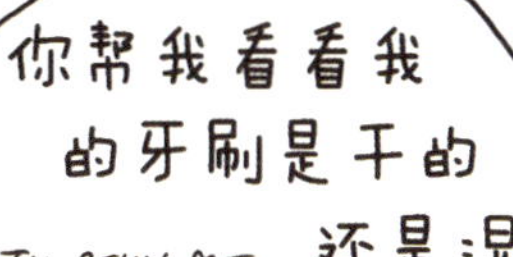

Louise Brooks，默片时代的美国女影星，以大胆表演而闻名。——译者注

寻找新的梦中情人

À la recherche du nouveau MPF Mec Parfait Fictif

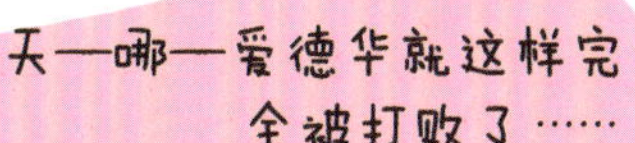

You don't understand Sookie... I will bite* you if we have sex...

来呀，来咬我呀，比尔。
Oh yes, bite me Bill...

I don't care.

○ bite=咬

* to bite = mordre

我终于找到了我的拉里，
我的新梦中情人。

A y est : j'ai trouvé mon nouveau Larry !

关于梅根·福克斯（请找当事人对质，他至今抵死不认……）

Le cas Megan Fox (allez savoir pourquoi, il nie encore...)

打肉毒素好傻呀。
Nan mais sérieusement c'est débile quoi!
真的！
franchement!
这也太蠢了！！
Putain c'est trop con!!
唉……
rffff...
为什么呢？！！
mais POURQUOI?!! 为什么？！！
POURQUOI?!
喂，我说……
Euh, ça va là...
你是不是还想要块手绢擦擦眼泪呀？
Tu veux pas un mouchoir aussi peut-être?
不用，不用。只是觉得没什么必要嘛。不过，她看上去真是年轻……
Nan mais bon... c'est dommage quoi... enfin, elle est jeune quand même
对，这才是重点。
C'est ça ouais.

Gaga, holala……一生中最灿烂的一天。

Gaga holala... Résumé du plus beau jour de ma vie. Si, si.

5月21日，星期五
光荣而伟大的一
Vendredi 21 mai 天到来了。
le grand jour était arrivé.

洗脸刷牙，平复心情，梳妆打扮，穿上特意为这一天打造的行头（我可是从早上11点就开始捯饬造型了）。

Une fois levée, calmée, coiffée : enfilage de tenue (dès 11 heures du mat')

我们四人计划在克洛伊姐姐家会合，然后一起开车出发。大家把行李都带去克洛伊姐姐那里统一装车。里昂—巴黎

Le plan, c'était de se retrouver à 4 pour faire le trajet* en voiture. Direction chez la sœur de la best friend pour charger la voiture.

* Lyon-Paris

然而，现实情况是……

Mais une fois devant...

没错，我们不过是离家三天而已……却有这么多行李要塞进车里

Oui, on partait seulement pour 3 jours... Mais il fallait réussir à faire rentrer :

一个双人床垫
一个大箱子及其虚荣心
一个中等大小的箱子

- 1 matelas 2 places
- 1 grosse valise et son vanity
- 1 valise moyenne

一个大旅行袋
一个中旅行袋

还有一个小冰箱，好几个靠垫，总之都是些有用的没用的。

- 1 gros sac
- 1 sac moyen

+ la glacière, les coussins, bref LA LOOSE.

最终，我们成功了。

Mais on a réussi.

and you can see my heaaart beating

试想一下，当人们路过休息站，看到这样的情景，会作何感想。

Imaginez un peu la réaction des gens à la station service en voyant ÇA:

在开往贝希体育馆的路上，我们一直在循环播放《The fame monster》这张专辑。

Et jusqu'à Bercy, album "The fame monster" en boucle.

在路上颠簸了好几个小时后，终于迎来令人期待已久的发型打造一刻……

Au bout de plusieurs heures de route: il était temps de passer à la customisation des cheveux...

发型总监：莫

Coiffeuse en chef: Maud

目标：做出像Lady Gaga那样的蝴蝶结。

Objectif: le noeud de cheveux.

发型搞定，穿戴整齐，实现梦想的时刻终于要到了。

Une fois habillées et coiffées... je crois qu'on a enfin réalisé.

我们就要见到Lady Gaga了……

On va voir Lady Gaga...

我们到得很早，甚至太早了。对着那个只会冒热风的空调，四个人都表示压力很大。

Le tout en plein cagnard, avec une clim' qui souffle de l'air chaud. Autant dire qu'on avait eu le temps de vivre un premier concert.

停车场任务一：找到已经到了的克洛伊。

Première mission au parking : retrouver la best friend déjà sur place.

晕头转向找了半个小时后……

Après une bonne demi-heure à tourner…

向演唱会入口进发！！！

direction… L'ENTRÉE !!!

没劲，怎么都没有什么精心装扮的人呢！！太让人失望了！！

Putain y'a quasi personne de déguisé !! J'suis TROP dégue !!

…

哎呀！

CRAVE !

嗯？

Naze.

你们看，那里有个男扮女装的，还不错呢！

S'y'a un trans' qui est cool là !

至少我们是唯一顶着蝴蝶结发髻来的……呵呵。

Au moins on est les seules à avoir des nœuds de cheveux…

hin hin

我们错过了垫场表演（我已经不记得是什么乐队了），因此不得不在黑暗中寻找座位：我们买的可是看台位。

On a loupé la première partie (je ne sais plus ce que c'était comme groupe), et, du coup, on a dû trouver nos places dans le noir : on était dans les gradins.

究竟怎样才能在只有75厘米宽的走道里找到自己的座位！

Mais, allez vous repérer dans le noir, sur une bande de 75cm de large !

太不容易站稳了，我不光自己差点送命，还险些伤及两个无辜的观众。

Forcément: GADIN. J'ai failli mourir et tuer deux innocents.

小心！！

AttentioOon!!

一片虚无

le vide.

第二天小腿上的淤青：

État de la gambette le lendemain:

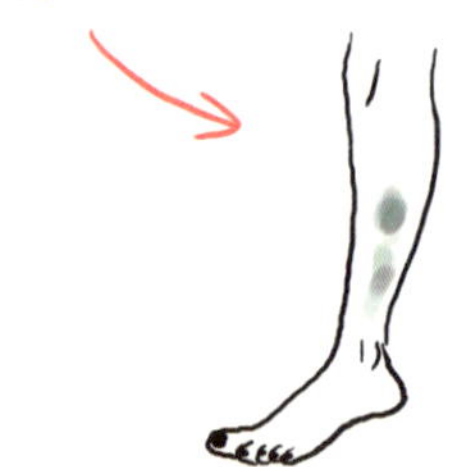

总而言之，言而总之：

BREF:

"Dance in the Dark" 演唱会开幕……Gaga站在幕布后，显出深灰色的影子……

Ouverture sur "Dance in the Dark"... Gaga apparaît en ombre chinoise derrière une grande toile...

晚上9点……

À 21 heures...

现场陡然一片漆黑。

Salle noire.

出现了一束追光

Spots.

老天爷呀！！

OH MON DIEU!!

嘘！！！马上就开始了！！

CHLOOO!!! ÇA COMMENCE!!

（记忆中的样子，并不确切）

(dessin fait de mémoire donc improbable)

我是真心想控制好自己的情绪。

J'ai TOTALEMENT géré mes émotions.

大幕还未完全升起，歌声就已传来，我瞬间进入被催眠的状态。

La toile ne s'était même pas encore levée. Quand elle a commencé à chanter, je suis passée en mode HYPNOTISÉE.

接下来的2小时30分钟里，我觉得我就在天堂，至少是伸手就能碰到天堂的地方。

Et là, pendant les 2h30 qui ont suivi, je crois que j'étais juste dans un équivalent du PARADIS.

十套美艳动人的华服（都是阿玛尼定制），从未在公开场合表演的歌曲（《Stand by me》钢琴伴奏，自弹自唱！！！），一切谣言和负面消息不攻自破：毫无假唱，无懈可击的声线，与观众多次互动，还有四个全然不同的奢华布景……（爱死Gaga了）

Dix tenues splendides (Armani...), des chansons inédites ("Stand by me" au piano!!!), contrairement aux dires des sourds/mauvaises langues : AUCUN playback, une voix sublime, plein d'interactions avec le public, 4 mises en scène de décors somptueux... (Je l'aime)

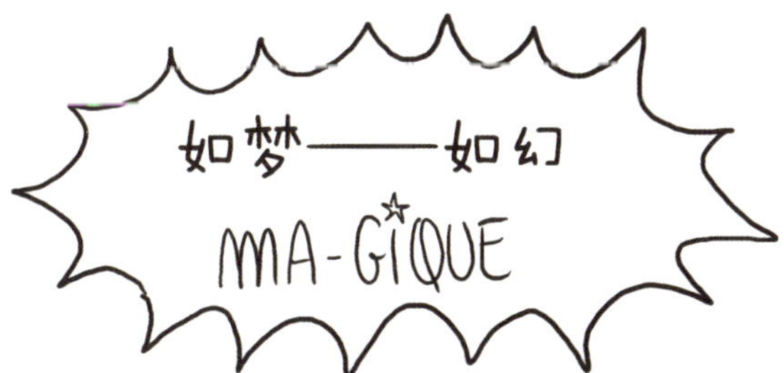

在回程路上……

Alors forcément sur le retour...

要High就得彻头彻尾地High起来，对不对？

Bah, autant en profiter jusqu'au bout, hein.

2010年12月：The Monster Ball Tour巡回演唱会。Gaga，我又来了！

Décembre 2010 : The Monster Ball Tour, deuxième. Gaga, me revoilà !

什么？！！怎么会这样，
我们非得坐地铁去吗？！
Quoi?!! Comment ça, "on y va en métro finalement"?!!

你那车去哪儿了呢？！！
Et la voiture?!!

不想不知道，一想吓一跳……仅仅围绕我生活中的四个人，我就笔耕不辍地画了三年多博客……

Punaise, quand j'y pense… 4 personnes dans ma vie, et j'ai réussi à alimenter un blog pendant plus de 3 ANS…

好家伙……

mazette…

好啦，不是四个人，是七个人啦，刚才没把我的猫算进去……

Bon… j'ai pas compté mes chats, donc on va dire 7 personnes…

哇！！！不要啊……

WOOHHH!!! NON MAIS…

嘿……你确定没把
什么人漏了吗？

感谢书中出现的每一个人：

我的雀可，感谢你的一切。感谢你的天马行空，你的没心没肺，你的坚强独立……你是我永不枯竭的灵感之源。如果没有你，我的博客（我的生活）也就不是今天这个样子……

我的妈咪，感谢你在出书过程中给予我的帮助，感谢你的真知灼见，感谢你的爱。

我的“他”，感谢你四年来毫无保留的支持。感谢你的温柔和耐心……每次我一说到那些有的没的，你都能听我诉说，至少是假装在听。

克洛伊，我的小笨笨，我永远最好的朋友，我们的友谊始于初中二年级，感谢你一直在我身边，为我带来欢乐，感谢你跟我一样热爱听着贾斯汀·比伯的歌跳舞。这么多年来，坚持做自己的你没有丝毫动摇，谢谢你。

让让，是你第一次叫我“迪格力”。那一年，我13岁……现在，我已经兑现自己的诺言了哦！

依加娜，感谢你三年来的友谊：你带给我那么多闺蜜间的私语，那么多关爱，还有你的布朗尼蛋糕，你的善良……在我需要的时候，你总是不远千里出现在我眼前。

玛丽、奥黛丽、莫、肯和路朵，我的“小团体”：每一次疯狂的派对，每一次为了Lady Gaga而出发，还有每一次围绕《True Blood》的热火朝天的大讨论……也许我们仅仅相识了几个月，但有你们在身边，我才感觉回到了家。

马尔戈，感谢你为我做的一切。两年前，我们第一次相遇。感谢你以闪电的速度回复了我给你的第一封邮件……从此，你向我敞开大门，保护着尚显稚嫩的我。感谢你的风趣幽默，感谢你的直言不讳，感谢你的慷慨大度（该谢你的有两个人，我姑且为另一个代言一下……）。我还要感谢你一条条贴心的短信，特别要谢谢你给我的爱！！

我所有的读者，谢谢你们！你们让我的博客变得生动活泼，也是你们给了我人生第一次出书的机会。感谢所有在我签售时前来排队的朋友，要知道有好几次你们都在大雨里等了好久！你们的忠诚、鼓励和陪伴都令我感动。我真心觉得受之有愧呢！

丽莎，谢谢你对我的信任。在我对自己的能力表示怀疑时，是你给了我信心。感谢你让这本书最终成为现实。当我执意选用荧光橙色作为封面时，你还是一如既往地支持我的决定！

在此，我要特别鸣谢Lady Gaga。她的身影在我脑海中挥之不去，她的歌声在我耳边荡气回肠。是她让我明白，勇敢做自己才是最美丽的人生。

Merci à tous ceux qui sont représentés dans ce livre :

à mon Chaco... pour tout : ton originalité, tes gaffes, ton autodérision... tu es une source d'inspiration constante. Sans toi le blog (ma vie...) n'aurait pas été le (la) même...
à Mamounette, pour ton aide précieuse sur ce livre, tous tes bons conseils... et ton amour.
à mon Granousson : pour me supporter depuis 4 ans, quoi qu'il arrive. Merci pour ta tendresse, ta patience... et merci de faire semblant de m'écouter quand je parle de Flutiou ♡
à Chlo, mon dindon d'amoûûr, ma BFF depuis la cinquième : merci d'être là, de savoir rire, danser et chanter sur Justin Bieber avec autant de passion que moi. Merci d'être toi, la même, depuis toutes ces années.
à Jean-Jean, pour m'avoir appelée "Diglee", un jour à table, quand j'avais 13 ans... t'as vu, j'ai tenu ma promesse !

à Ygane, ma Gargounette, pour ces trois années d'amitié : pour toutes nos discussions de garces, ton attention, tes brownies, ta bienveillance... et ta présence, surtout, malgré les kilomètres.

à Marie, Audrey, Maud, Ken et Ludo, mon groupe d'adoption : pour ces soirées de folie, ces expéditions Gagaesques, ces discussions enflammées sur True Blood... c'est avec vous tous que je me sens chez moi, même après seulement quelques mois.

à Margaux, rencontrée pour la première fois il y a deux ans... Merci pour tout. Pour avoir répondu à mon tout premier mail dans la seconde... pour m'avoir ouvert ta porte, et m'avoir prise sous ton aile. Merci pour ton humour, ta spontanéité, ta générosité (je pense que là, je parle pour deux, si tu vois c'que j'veux dire...), tes petits messages attentionnés et tout simplement : TON AMOUR !!!

Merci aussi à mes lecteurs : C'est vous qui avez fait vivre le blog, et qui m'avez offert l'opportunité de faire mon propre livre. Merci à tous ceux qui ont attendu pour une dédicace et ce parfois des heures sous la pluie ! Merci pour votre fidélité, vos encouragements et votre présence. Je ne m'y habituerai jamais, je crois !

Et enfin merci à Lisa, pour avoir cru en moi quand j'étais celle qui doutait le plus. Merci de m'avoir permis de réaliser ce livre, et de m'avoir fait confiance jusqu'au bout, même quand j'ai voulu faire une couverture orange fluo !

Ah oui, et aussi un grand merci à Lady Gaga, qui m'en a mis plein la vue plus d'une fois, et qui m'a convaincue que la plus belle façon d'être, c'est encore d'être soi-même.